LADRONES DE NIÑOS LOS KALIORS

Por Abel Romero Jiménez

No puedo ni imaginar lo que sería perder un hijo, ¿Y, usted?
La muerte es algo muy duro de soportar, pero perder un hijo por secuestro o extravío, y no saber nada de él en mucho tiempo, dicen que es algo peor. En tal caso ¿Qué haría usted?
Esta es la historia de un hombre en un caso asi.
Marcos no fue un niño muy agraciado, pero eso era algo que mientras fue

niño no le importó mucho que digamos.

Tuvo una infancia más o menos feliz, pero la adolescencia no lo fue tanto, con todo y eso se convirtió en un adulto común, después de terminar sus estudios entró a trabajar en la fuerza pública, conoció mucha gente en ese trabajo. Compró su casa, cerca de la de uno de sus hermanos, vivían a orillas de la ciudad en un barrio pobre. Ahí conoció a Cecilia, una muchacha que se juntaba con una banda de por ahí, se drogaba por cierto, y estaba delgada y algo demacrada por eso, pero a Marcos le gustaba, y él a ella. Platicaban seguido, él le decía que dejara de juntarse con esa gente, que no eran buenas compañías, ¿y con quien me voy a juntar entonces? Decía Cecilia, o Ceci, como le decía todo el mundo, pues con migo decía marcos sonriendo.

Los muchachos me dicen que no te hable, decía Ceci, no les gusta que hable contigo por que eres policía, pero a mí no me importa, me gustas mucho. Tu también me gustas mucho dijo Marcos, y un buen día Marcos y Ceci se fueron a vivir juntos. Todos los que los conocían se juntaron y les hicieron una pequeña fiesta.

Por un tiempo estuvieron contentos Marcos y Ceci, tuvieron un hijo y le pusieron por nombre Pablo. Cecilia cambió mucho después de eso, después del embarazo, Ceci que estuvo mucho tiempo, flaca y fea se puso muy bonita, Marcos estaba encantado, y ella también, el problema fue que Ceci empezó a sentirse demasiado para Marcos. Tenía muchos pretendientes, y algunas personas le decían que porque estando ella tan bonita había escogido un marido tan feo, eso le molestaba mucho a Cecilia, discutía y peleaba

seguido por eso y por otras muchas cosas con Marcos, hasta que un día salió Cecilia de su casa dejando el niño a Marcos, y nunca mas volvió. Fue un golpe muy duro para Marcos, casi se volvía loco, pero tenía que ser fuerte y preocuparse por su hijo, eso era lo que todos le decían.
Nunca estuvo solo, lo apoyaron mucho los amigos y familiares, su hermano Juan que vivía a dos casa de él, lo invitaba a cenar todos las tardes, y lo entretenía lo mas que podía para que no estuviera pensando en esa mujer, que los abandonó a él y a su hijo.
Por su trabajo, Marcos a veces tenía que dejar al niño al cuidado de su cuñada, pues tenía que cubrir turnos nocturnos y a veces turnos extra.
Pablo, ya un poco mas grandecito jugaba todos los días hasta entrada la noche con los niños de la cuadra y con sus primos, era un lugar muy

agradable para jugar, casi no pasaban coches, de día y de noche jugaban muy contentos, las casas donde vivían eran las ultimas de la colonia, y de ahí era monte, había toda suerte de lugares para esconderse entre los árboles y terreno para correr libres, aunque no se alejaban mucho pues les daba un poquito de miedo la oscuridad.

Una noche mientras Marcos estaba con su hermano, después de cenar, pablo y sus primos se reunieron con sus amiguitos para jugar, los patios traseros de las casas de por ahí estaban al descubierto, no tenían paredes, solo unos pequeños cercos de alambre, así que los niños andaban de un patio a otro correteando. Mientras jugaban, Pablo sintió la necesidad de orinar, y como siempre lo hacían se fue hacia lo oscuro, entre los árboles, para que no lo miraran orinar los demás niños.

Niños ya métanse, gritaba una mujer, buenas noches vecina, dijo Marcos, buenas noches Marcos ¿Cómo estas?, bien gracias, en eso llegaron los niños corriendo, ¿Y Pablito? Preguntó Marcos.
Se fue para lo oscuro, dijo un niño, dijo que iba a hacer pipi, y no ha vuelto.
¡Pablito! ¡Pablo hijo! Gritaba Marcos mientras caminaba en la dirección que dijeron los niños que había ido Pablo. Lo buscó por todos lados sin encontrarlo, salieron su hermano y su cuñada, ¿Qué pasa? Dijeron. ¡No encuentro a Pablo! decía Marcos con voz alarmada.
Cálmate decía Juan su hermano, ha de estar por ahí escondido.
Comenzaron a buscarlo, y al poco tiempo ya lo estaban buscando todos los vecinos. Marcos llamó a sus compañeros de la policía y comenzaron a buscar a Pablo, muchas

patrullas circulaban por los vecindarios aledaños, los policías preguntaban a la gente que miraban por ahí, si habían visto a un niño de las características de Pablo, nadie supo darles razón del niño Pablo, como si se lo hubiera tragado la tierra. Marcos andaba uniformado y armado, en una patrulla recorría las calles con algunos de sus compañeros quienes le brindaron todo su apoyo, llegó a todas las casas y escondites de los vagos que por ahí vivían, algunos hasta se ofrecieron a ayudar a buscar a Pablo. Decían; que se perdió Pablito bato, corre la voz hay que buscarlo. Se hizo un gran revuelo por todas esas colonias buscando a Pablito, se boletinó la foto y las indicaciones a todas las dependencias para la búsqueda del niño, esa misma noche dos sujetos, el toques y el tieso, llegaron a donde estaba Marcos, decían que tenían información de una

banda de secuestradores que operaba cerca, nosotros no tenemos que ver con esos tipos he jefe, decían, solo nos enteramos que a eso se dedican a lo mejor ellos se llevaron a Pablito.
Rápidamente se movilizó el equipo anti secuestros coordinados con la policía, y Marcos por su puesto.
Esa misma noche dieron con la banda y rescataron a una persona. ¡No era Pablo! Marcos se sentó en la cama que estaba en el cuarto donde tenían al secuestrado a llorar desconsolado, estaba desesperado, no sabía que más hacer, todos se acercaron para darle ánimos, algunos de sus compañeros se sentaron junto a él y lo abrasaron, ¡ánimo Marcos! Lo vamos a encontrar.
Nadie notó lo que había en la ventana, unos ojos grandes los vigilaban desde la oscuridad, detrás de la ventana, demasiado grandes como para ser algo conocido por el hombre.

Nadie lo notó, pero si ustedes hubieran estado fuera, hubieran visto lo que estaba ahí afuera vigilando.
Era una criatura extraña, tenía cuerpo como de toro, las patas y pelaje de león, la cabeza de lobo, y los colmillos de serpiente, sus ojos eran de color trémulo, un rojo intenso revuelto con un negro brillante, todo su pelaje era del mismo color, pero no era una sola criatura la que estaba ahí, ¡eran dos! otra estaba en el techo de esa casa, y miraba atento hacia la ciudad, miraba y tenía un sentimiento en su interior, una tristeza, como una añoranza por un mundo descarriado.
Cuando salieron todos en las patrullas, Marcos volteo hacia la casa y vio a la criatura que estaba sobre el techo, sacudió la cabeza por que pensó que estaba viendo visiones, y apretó los parpados. Cuando volvió a voltear, la criatura ya no estaba, así que Marcos no le dio importancia a lo que vio.

Se la pasó todos los días buscando a su hijo, uniformado y patrullando. Todos le decían que descansara, pero él no hacia caso, no iba a detenerse hasta encontrar a su hijo, aunque le costara la vida, y todas las noches que Marcos andaba por ahí buscando y patrullando, esos enormes ojos siempre lo vigilaban desde algún lugar oscuro.

Pasó el tiempo, un año para ser precisos, Marcos seguía buscando sin cesar a su hijo, sin ningún resultado y sin ningún indicio todavía.

Una noche Marcos llegó a casa de su hermano, estaba exhausto, pero no tenía la menor intención de rendirse, él buscaría a su hijo toda su vida sin descanso.

Su hermano trataba de consolarlo, pero comprendía el dolor que sentía así que nunca trataba de persuadirlo de abandonar su búsqueda.

Esa noche mientras Marcos charlaba con su hermano, decía; No hay ninguna pista Juan, ¡Nada! Como si se lo hubiera tragado la tierra. Juan solo agachaba la mirada. En eso tocaron la puerta: Toc, toc, era la vecina, con su abuela, una señora ya muy entrada en años, pero todavía tenía una lucidez extraordinaria.

Traían una caja de cartón, con algunas cosas dentro.

Buenas noches vecinos, buenas noches contestaron todos, ¿Se puede? Preguntaron. Por supuesto pasen están en su casa, dijo la esposa de Juan. Sin mucho preámbulo la abuelita se dirigió a Marcos y dijo; ¿Ya tienes alguna pista de Pablito?

A Marcos lo desconcertó muchísimo la pregunta de la señora, intrigado respondió; No señora no hay ninguna pista, como si se lo hubiera tragado la tierra.

La señora titubeo un poco, no sé como explicarte esto muchacho dijo, se que no me vas a creer lo que te voy a decir, pero es la verdad. Marcos se desconcertó aun más, dígame, dígame señora, no importa, lo que sea, cualquier cosa que me ayude a encontrar a mí hijo, se lo voy a agradecer mucho.

Bien muchacho, entonces pon mucha atención a lo que te voy a contar, dijo la señora, y se acomodó en el sillón, como para contar un cuento a sus hijos.

Todos se acercaron atentos a lo que aquella anciana iba a decir.

Y así comenzó a hablar y dijo; hace ya muchos años, cuando yo tenía cinco años de edad, una noche oscura como la noche en que desapareció tu hijo, mi hermano menor, desapareció, estábamos en una boda, en un rancho propiedad de un amigo de mi padre, nosotros no fuimos pobres toda la vida, a mi padre le iba bien en los negocios, y su amigo también era un comerciante exitoso, se estaba celebrando la boda de su hija en ese rancho, que estaba algo apartado de la ciudad, era muy grande, y muy bonito, habían encerrado a los perros para que no molestaran a los invitados, solo andaban por ahí los peones vigilando, pero ya entrada la noche todos estaban bebidos, invitados y trabajadores, algunas personas todavía tenían ánimos para seguir bailando, pero mis padres y sus amigos estaban sentados platicando muy a gusto, los niños correteábamos por todos lados, nadie nos ponía atención, pues no había peligro para nosotros por ahí, corríamos y brincábamos en el pasto, mi hermano corrió hacia lo oscuro y yo lo seguí, no te vayas a lo oscuro, le gritaba yo, pero como él no le tenía miedo a la oscuridad no le importaba irse lejos, corría mas rápido que yo así

que se alejó y no podía alcanzarlo, espérame, espérame le grité. Alcancé a ver cuando alguien se lo llevó, o algo mejor dicho, yo me escondí detrás de los árboles, y vi como ese monstruo lo agarró y le tapó la boca para que no gritara, mi hermano se desmayó, el monstruo caminó hacia otro monstruo peludo y se montó en él, puso a mi hermano en su espalda y lo cubrió con algo, algo como una gran bolsa, y se fue hacia donde estaban mas de esos monstruos, los vi claramente, todos los monstruos hicieron un extraño ruido, y algo se abrió frente a ellos, algo como un portal hacia otro mundo, porque todos pasaron por ahí y desaparecieron.
La señora notó que Marcos la miraba con ojos de incredulidad.
Se que no me crees, dijo la señora, mi padre por muchos años tampoco me creyó. Hasta que desesperado un día se puso a escucharme y hacerme

preguntas, le decía a mi mamá que, lo que se le hacia raro, era que yo nunca cambie mi versión, siempre decía exactamente lo mismo, con lujo de detalle, como si en realidad hubiera visto lo que decía.
Entonces hazle caso, dijo mi mamá.
Mi padre escuchó atentamente esta vez, y después se puso a investigar acerca de lo que le dije que vi.
Se pasó su vida entera investigando y buscando a mi hermano, pero no creas que en vano muchacho, logró encontrar muchas cosas acerca de esos seres que se robaron a mi hermano, se gastó su fortuna y su vida, y aunque encontró muchas cosas no le alcanzó la vida, murió sin encontrar a Daniel, así se llamaba mi hermano, dijo la señora y rompió en llanto.
Marcos se sentó al lado de ella y le estrecho la mano, pero tú puedes terminar lo que mi padre comenzó, dijo la señora alzando un poco la voz,

toma, dijo, aquí esta todo lo que mi padre encontró, se que te va a servir mucho, y le dio la caja que llevaban ella y su hija, se que ellos se llevaron a tu hijo, nunca voy a olvidar su horrible hedor, era el mismo que había cuando desapareció Pablito, discúlpame que no haya venido antes, pero estaba segura que no me ibas a creer, como veo que no me crees.
Marcos todavía con expresión de incredulidad tomó la caja y la abrió. En ella había libros, mapas, objetos, cosas antiguas, todo relacionado con esos seres ladrones de infantes, había datos desde la antigüedad, los egipcios los llamaban, los Kaliors.
Y recordó que la noche que buscaba a Pablito, había un hedor extraño por el lugar donde desapareció el niño.
Se levantó la señora y su hija y se despidieron, todos las acompañaron a la puerta y les dieron las buenas noches.

¿Qué piensas? Preguntó Juan a Marcos. No lo sé hermano, no lo sé, contestó Marcos, pero voy a investigar esto a fondo.
Voy a descansar un poco, dijo Marcos. Si dijo Juan, buena falta que te hace. Buenas noches, buenas noches hermano, buenas noches dijeron todos, y Marcos salió por la puerta de atrás como siempre lo hacia. Salió con la caja que le llevó la señora, serró la puerta tras de si y se quedó parado mirando hacia el lugar donde desapareció Pablito, pensando, caminó lento, hasta donde estaba el lavadero, no dejaba de mirar hacia aquel lugar, dejó la caja sobre el lavadero, seguía mirando hacia aquel lugar, bajó la mirada, volvió a voltear a hacia aquel lugar, bajó la mirada otra vez, se llevó la mano hacia la boca, se puso la uña del pulgar entre los dientes, pensaba, caminó hacia el lugar donde desapareció Pablito, a pesar de que ya

había pasado un año, todavía había un lave olor, un olor feo, como a basura podrida o algo muerto, pero leve, buscó por todas partes para ver de donde venía ese olor, estaba ahí impregnado en el suelo y en los árboles, mientras Marcos investigaba el asunto, de repente vio unos grandes ojos entre los árboles, cuatro ojos grandes, rojos con negro, lo miraban fijamente, antes de que Marcos pudiera hacer algo, salieron de entre los árboles esas criaturas que lo habían estado vigilando todo el tiempo, quedaron frente a Marcos, él dio unos pasos hacia atrás tembloroso por la impresión y por el miedo también, con una mano un poco extendida hacia el frente y la otra en la pistola, quería sacarla pero no podía, estaba un poco paralizado por el miedo.

No temas dijo la criatura, quien hablo con voz de hombre, y aunque eran dos criaturas, al hablar, hablaban como

una sola pronunciaban exactamente las mismas palabras, y dijo; No temas humano, no soy de los que se llevaron a tu hijo, vengo a ayudarte a recuperarlo.
Marcos tuvo una infinidad de pensamientos, ahora creyó lo que la mujer le dijo, pero ella no mencionó otros seres, ¿Quién eres? Dijo Marcos, con voz temerosa.
Mi nombre es Airos Oel y soy de un mundo afín al tuyo, por eso mi apariencia es como algunos seres que hay en tu mundo, aunque soy muy diferente, por fuera y por dentro, dijo la criatura, quien seguía ablando de si mismo como si fuera uno aunque Marcos miraba dos criaturas.
No trates de entender por que aunque soy dos, en realidad soy un solo ser, así es mi naturaleza, dijo la criatura, vengo a ayudarte a rescatar a tu hijo de los Kaliors, y quiero que tú me ayudes.

La criatura estaba parada frente a Marcos y comenzó a caminar en círculos alrededor de él, como inspeccionándolo.
Marcos titubeante dijo; ¿que quieres que haga?
Quiero que los elimines, el tiempo de los Kaliors terminó hace mucho.
Siéntate te voy a contar, dijo la criatura llamada Airos Oel.
Se sentó Marcos en el suelo y miraba a la criatura, atento.
Hace mucho tiempo, los Kaliors vivían en su mundo, pacíficamente.
Como ustedes, siempre estaban inventando e innovando, y como ustedes, no cuidaban sus recursos naturales, así estuvieron hasta que terminaron con su mundo, y su mundo comenzó a morir y ellos con él también, muchísimos murieron, uno de sus lideres a quien llamaron Kalion, comenzó a buscar otros mundos a los cuales emigrar para salvar su rasa,

hasta que un día encontró en su propio mundo un portal, un portal hacia otro mundo, un mundo parecido al de ellos, en ese mundo habitaban seres tranquilos y amables, Los Keops. Uno de ellos se hizo amigo de Kalion, él le contó que su mundo estaba muriendo y ellos junto con él. El Keop confió en Kalion y le explicó que él tenía la facultad de ir entre muchos mundos, a cualquier lugar que quisiera, y le dijo que él le ayudaría a encontrar un mundo donde los Kaliors pudieran comenzar de nuevo.

Toca mi frente y te permitiré entrar en mi mente, y seremos como uno solo, y donde quieras ir, iré, pero tienes que prometer, que después que hayas encontrado un mundo dónde comenzar de nuevo, me liberarás de ese lazo que nos unirá, yo te permitiré entrar en mi mente, pero no puedo sacarte de ella, tú tienes que salir por tu voluntad. Te lo prometo, dijo

Kalion. Y así lo hicieron, Kalion tocó la frente del Keop, y el Keop lo dejó entrar en su mente de modo que de ahí en adelante fueron como uno solo, y Kaliòn se adueño de la voluntad del Keop, traicionando la amistad que este le brindó y esclavizándolo. Con él regresó a su mundo por los que le pertenecían, por su tribu, por decirlo así, les contó del mundo y los seres que en el encontró, hurgaron un plan para que cada uno de su tribu se apoderara de un Keop, y lo lograron, engañaron mas Keops y huyeron de aquel mundo llevándose cada cual un Keop como esclavo.

Los demás Keop se dieron cuenta muy tarde de lo que pasó, y aunque se hubieran dado cuenta pronto, no hubieran podido hacer nada absolutamente, por que al formar un vinculo con los Keops, los kaliors ahora eran también parte keop y un Keop no puede hacer nada en contra de otro Keop, como un hombre no puede volar agitando los brazos. Recorrieron muchos mundos y conocieron muchos seres parecidos a ellos en constitución física, y a los Kaliors les agradó no estar atados a ningún mundo, y andar libres por donde les placiera, hasta que comenzaron a envejecer, su final se acercaba y la liberación de los Keops que tenían esclavizados. Pero por desgracia para los Keops, los Kaliors encontraron un mundo donde existían unos seres con una tecnología especial. Los seres de ese mundo construían cuerpos que luego ocupaban cuando el cuerpo que tenían envejecía. Entraban en unas maquinas y transferían su ser al cuerpo nuevo, y así seguían viviendo indefinidamente. Los Kaliors fueron aquel mundo y se apoderaron de ese conocimiento, usaron a los Keops para aniquilar a aquellos seres, pero los Kaliors no

pudieron manipular a la perfección esa tecnología, no pudieron fabricarse cuerpos nuevos, así que idearon otra forma.
Así fue como los Kaliors comenzaron a robar seres de distintos mundos, seres en un estado de desarrollo como sus niños, los meten en capullos que cargan tras de si mismos y mientras el niño va creciendo el Kalior que lo lleva, va apoderándose de su cuerpo hasta que se apodera totalmente, entonces deja el otro cuerpo que se desintegra por desgastado, quedando el Kalior con cuerpo nuevo, pero les duran poco tiempo, así que tienen que robar otro cuerpo pronto para ir apoderándose de él como lo han hecho ya desde hace demasiado tiempo, así que solo tienes unos cuantos años según como tú cuentas el tiempo, para encontrar a tú hijo, pero de ahora en adelante ya no lo harás solo, voy a ayudarte, cuando despiertes búscame,

busca un lugar donde se mezcle, la luz con la oscuridad, el frió con el calor y el aire con el agua, ahí encontrarás la puerta a mi mundo, ahí te espero.
¿Cuándo despierte? Dijo Marcos ¿Estoy soñando?
No humano, no es un sueño, y habiendo dicho esto Airos Oel sopló hacia Marcos, y un viento oscuro salió de su aliento, Marcos lo respiró, y cayó al suelo desmayado. Airos Oel desapreció en la oscuridad.
Marcos estuvo toda la noche ahí tirado inconciente, al día siguiente, cuando pasaron lista en su trabajo, Marcos no estaba, como a eso de las diez de la mañana Juan recibió una llamada, era el comandante, quien estaba preocupado, pues Marcos nunca faltaba a trabajar.
Juan llamó a su esposa y le pidió que se fijara si Marcos estaba en su casa, pronto la mujer de Juan salió y se dirigió a la casa de Marcos para ver si

estaba, llamó y llamó a la puerta, mientras Juan seguía llamando por teléfono a Marcos su hermano, la esposa de Juan notó que la caja que la vecina le dio a Marcos estaba sobre su lavadero, estaba húmeda, se dio cuenta que esa caja estuvo ahí toda la noche, escuchaba a lo lejos un sonido, como de un celular, hacia donde había desaparecido Pablito, caminó y encontró a Marcos tendido en el suelo inconciente, el teléfono seguía sonando, Maria lo contesto, era Juan quien decía Marcos, Marcos. Soy yo, dijo Maria, tu hermano esta tirado acá donde desapareció Pablito, parase que aquí estuvo toda la noche, esta inconciente.

Juan enseguida pidió permiso para ausentarse e ir a buscar a su hermano, no trabajaba muy lejos así que Juan llegó pronto a su casa, Maria y otras vecinas ya habían llevado a Marcos a la casa de Juan, y habían llamado a

emergencias, primero llegó Juan, luego los policías amigos de Marcos y por último la ambulancia,
Maria guardó la caja que la vecina le había dado a Marcos.
Marcos fue trasladado al centro médico donde fue bien atendido por personal bien calificado, pero los doctores no podían dar un diagnostico, no encontraban el problema, Marcos estaba perfectamente, no tenía contusiones ni fracturas, todos sus órganos estaban bien al parecer, el escaneo cerebral no mostraba nada irregular, no entendían porque Marcos no despertaba, no podían reanimarlo.
Todos estaban consternados, esa noche, los órganos vitales de Marcos comenzaron a fallar, tuvo paro cardiaco, paro renal, paro cerebral, en fin, todo el sistema interno de Marcos se detuvo, los doctores decían que era como si se hubiera apagado por completo de una sola vez, que no

sufrió nada en absoluto, la muerte se registró a las doce a.m. en punto. Muy tristes, Juan su hermano, Maria la esposa de Juan, sus amigos del trabajo, vecinos y conocidos le dieron el último adiós y ahí quedó el pobre de Marcos bajo tierra.
Pasaban los días, la familia y los amigos se sobreponían a la pérdida. Mientras, abajo, Marcos en su tumba, no entraba en descomposición, todo lo contrario, su cuerpo comenzó a cambiar, todos sus tejidos comenzaron a reforzarse, su piel, músculos, nervios, su aparato digestivo, circulatorio, todos sus órganos fueron cambiando poco a poco, su estomago cambió, en su propio esófago e intestinos se generaba una sustancia rica en nutrientes minerales, proteínas, aminoácidos y otras sustancias que le proporcionarían una energía fuera de lo común, en sus pulmones se generaba el oxigeno que requería su

cuerpo para vivir, pero además se generaba una mezcla que le daría potencia extra en su organismo y sus facultades, su capacidad cerebral se potencialisaría extraordinariamente, sus ojos cambiaron casi totalmente, dejando de ser ojos de humano se convirtieron en ojos como los de la criatura que lo estuvo acechando todo el tiempo en que él estuvo buscando a su hijo, el ojo en su totalidad le quedó de un rojo vibrante revuelto con un negro brillante, pero no era como un color de mezcla homogénea, era como si los colores estuvieran en mezcla continua, cambiaba el tono todo el tiempo, y la pupila desapareció. ¡Así como los de aquella criatura quedaron los ojos de Marcos!

Entonces, Marcos despertó, volteó a su alrededor, pero no miraba nada, estaba todo oscuro, se puso de pie, ¿donde estoy? dijo, volteaba y caminaba para tos lados pero no había

nada mas que él, todo a su alrededor solo era oscuridad, entonces apareció frente a él Airos Oel y dijo, ¿Cómo te sientes humano?
Marcos con lo extrañado que estaba no había reparado en como se sentía, en realidad se sentía extraordinariamente, mejor que nunca, dijo, ¿Qué pasó, que me hiciste?
Te di un poco de ayuda, dijo Airos, tal vez así sobrevivas a donde te enviaré.
Marcos se contemplaba, no notaba ninguna diferencia en él mismo, por fuera no tenía ningún cambio aparente, solo sus ojos, pero Marcos no tenía un espejo a la mano en ese momento.
Eres mucho más fuerte que cualquiera en tu mundo, de hecho eres más fuerte que algunos seres de los mundos a los que tendrás que ir para rescatar a tu hijo, puedes soportar condiciones que ningún humano soportaría, los humanos no pueden vivir fuera de su

mundo, pero tú podrás sobrevivir a cualquier mundo a donde vayas, porque tendrás que vagar mucho humano, para encontrar a los Kaliors y rescatar a tu hijo. Mientras Airos hablaba, Marcos notaba que Airos Oel era una criatura que causaba terror al verla, así que le dijo, ¿Y seguiré teniendo dolor, miedo, hambre, frió calor?

Hambre, frió, calor, sueño, necesidades corporales, ya no las tendrás, humano, pero en lo que tiene que ver con sentimientos, no puedo cambiar nada de eso, si te elimino el dolor, ya no sentirás la pérdida de tu hijo y ya no lo buscaras mas, si remuevo el miedo de tu interior, ya no te importara que algo te lastime, y por lo tanto tal vez no sobrevivas por no cuidar de tu persona, si muevo algo de tu interior dejarías de ser tú mismo, y fracasarías, por que si te escogí para esta empresa, fue por ser como eres,

demostraste que nada ni nadie te detendrá hasta encontrar a tu hijo, pero no te engañes humano, aunque te hice parecido a mi, no eres inmortal como yo, y tienes el problema de ser humano de todas formas. ¿A que te refieres? Preguntó Marcos.
Te lo voy a explicar de esta forma humano, hay en tu mundo unos pequeños seres llamados insectos, dime ¿Cuántos insectos has matado a lo largo de tu vida?
No lo sé dijo Marcos, muchos, no lo sé.
Has matado miles, humano, y dime, ¿Qué te hicieron la mayoría de ellos para que los mataras?
Nada, contestó Marcos.
Así es humano, nada, pero los mataste y sin sentir ningún remordimiento, sin que te importara, a veces lo hiciste solo por la tentación de hacerlo, por sentir ese crujido debajo de tu zapato.

Y ese precisamente es el problema que vas a tener en muchos lugares donde tendrás que ir, serás algo tentador para los seres que ahí habitan, muchos solo querrán matarte, otros querrán devorarte, y otros querrán saborearte, porque de echo te vez jugoso, eres algo tentador de masticar, decía Airos Oel mientras deba vueltas alrededor de Marcos mostrado sus grandes colmillos. Marcos se mostraba temeroso, y quien no, con una, o mejor dicho con dos bestias como Airos Oel rondando alrededor de uno con intención de comérselo, pero por más apetitoso que Marcos se viera, la intención de Airos Oel no era comérselo si no ayudarlo, le dijo; cuando salgas de aquí, búscame, busca un lugar donde se mezclen la luz con la oscuridad, el frió con el calor y el aire con el agua, ahí encontraras la puerta hacia mi mundo, ahí te estaré esperando y desapareció.

¿Cuándo salga? Pensó Marcos, eso ya me lo había dicho antes, pero me había dicho, cuando despiertes, y ahora dijo cuando salgas, ¿Cuándo salga de donde? en eso despertó ahora sí, y estaba ahí, dentro del cajón, ¡enterrado! Marcos no sabía donde estaba, aunque estaba oscuro dentro del cajón, Marcos miraba perfectamente y pudo percatarse que estaba enterrado, pensó muchas cosas, suspiró pensando en el dolor que sintieron su familia y amigos, y se imaginó que no lo recibirían con mucho gusto que digamos al verlo de nuevo. No fue ninguna dificultad para Marcos salir de la tumba, pues era ahora muy fuerte, digamos que era un humano excepcional, había personas ese día en el panteón, incrédulas miraban a Marcos salir de su tumba, algunos se molestaron pensando que era una broma de mal gusto, pero al ver de cerca a Marcos,

notaron sus ojos, entonces todos salieron corriendo. Marcos se dirigió a su casa primero, se cambió de ropa, se puso unos lentes oscuros al ver sus ojos en el espejo, y se fue a buscar a su hermano a su trabajo.
Juan, te buscan, le dijo el jefe de Juan, ¿Me buscan? Pensó Juan, mientras salía, pensaba, ¿Quién será?
Se sentía desmayar de la impresión al ver a su hermano Marcos ahí parado frente a él. No sabía si correr a abrasarlo o pegar de gritos. Marcos rápidamente le dijo; cálmate, cálmate hermano, soy yo tu hermano, mírame, cálmate, le decía, déjame explicarte y se sentaron por ahí, Marcos le explicó con detalle todo lo que le pasó, a Juan se le hacia muy difícil digerir aquella historia, pero bueno, él mismo enterró a su hermano, y ahora lo estaba viendo ahí junto a él, por último Marcos le mostró sus ojos.

A Juan se le erizó la piel, ¡que feo te vez! Exclamó,
déjame digerirlo, entonces no estabas muerto, y ¿ahora eres como un superhombre o algo así? ¿Puedes volar? ¿Tienes poderes? Marcos se rió y lo abrasó, Juan también riendo le correspondió, y dijo, entonces cuídate mucho hermano, y espero de verdad que encuentres a Pablito.
Marcos dijo; ¿sabes donde quedó la caja que me había dado la vecina? Sí, contestó Juan, mi esposa la guardó, déjame pedir permiso para ausentarme el resto del día, si ya no nos vamos a ver en un tiempo quiero pasar un rato con mi hermano. Juan pidió permiso para ausentarse el resto del día, entonces se dirigieron a la casa de Juan, al verlos llegar juntos la gente que los conocía, pensó que se trataba de algún pariente de Juan, alguien muy parecido a Marcos, pero la esposa de Juan estaba aterrorizada, Juan la

abrazó y le explicó como pudo lo que Marcos le contó, la esposa incrédula, seguía teniendo miedo al ver a Marcos ahí en su casa. Marcos nenecita la caja que guardaste, ¿todavía la tienes? Sí, contestó la mujer, rápidamente fue a buscarla y se la dio a Juan para que él se la diera a Marcos, pues a ella le daba miedo acercarse a Marcos, aunque después de estar mirándolo y escuchándolo un rato platicar con Juan, Maria dijo; ¡de verdad eres tú! si cuñada soy yo, dijo Marcos,
No lo puedo creer, si te vimos morir y te enterramos.
Ya te explique que no estaba muerto mi amor, dijo Juan, como si fuera muy experto en la materia, la criatura llamada Airos Oel, que es de la tierra de los Keops, lo durmió para darle poderes y así pudiera viajar a diferentes mundos para rescatar a Pablito, de esos monstruos que se lo llevaron. Maria asentía con la cabeza

admirada de lo mucho que sabía su esposo Juan de esas cosas.
Siguieron platicando toda la tarde, al caer la noche Marcos dijo; tengo que irme, espero volver a verlos, Juan y Maria se despidieron de Marcos abrasándolo fuertemente, a Maria ya no le daba tanto miedo, les dio alegría volver a verlo pero también les dio mucha tristeza volver a despedirlo, se despidió de sus sobrinos pero sin mostrarles los ojos.
Marcos se llevó la caja a su casa para investigar si ahí decía algo sobre aquél lugar que Airos Oel mencionaba, un lugar donde se mezclara la luz con la oscuridad el frió con el calor y el aire con el agua, mientras estaba solo en su casa sentía una tremenda tristeza y nostalgia por su hijo y todavía por Ceci, aunque ya hacia mucho que ella no estaba, hasta podía verlos, a Ceci la miraba por ahí haciendo algo y a pablito lo miraba jugando en el suelo

con algún juguete, sin querer y con todo y la fortaleza que Airos Oel le dio, Marcos no pudo contener las lagrimas, con los ojos inundados, comenzó a buscar en aquélla caja de cartón.
Entre los muchos objetos había unas marcas en un mapa que el padre de la vecina había puesto, eran tres lugares al parecer que tenían las características que se necesitaban para formar el portal hacia el mundo de Airos Oel, curiosamente uno de esos lugares estaba muy cerca de ahí, en un parque muy conocido por todo el mundo.
Marcos pensó, así que soy algo tentador de aniquilar, y pensó, no se los voy a poner tan fácil, guardó la caja y salió, se dirigió a la academia de policía, a la armería exactamente, mientras caminaba por la calle en la oscuridad de la noche sin los lentes que le cubrían los ojos, la gente con la que se topaba se le quedaba mirando,

algunos pensaban que era alguna moda, otros no le daban importancia y otros se asustaban y se apartaban de caminar cerca de él.
Cuando llegó a la academia era ya muy entrada la noche, el guardia que estaba en la puerta no conoció a Marcos así que Marcos lo desmayo de un golpe, ni siquiera le dio fuerte, y el guardia no supo ni que lo golpeo, Marcos se movía muy, muy rápido, y muy sigilosamente, aunque las cámaras lo tomaron, nadie estaba al tanto de ellas, quien iba a pensar que atacarían la academia de policía, Marcos conocía muy bien por donde escurrirse hacia donde quería llegar, al llegar al deposito de armas ahí estaba un antiguo amigo de él.
De repente a mitad de la noche se escuchó una voz que decía;
¡Sebastián! A Sebastián se le erizó la piel, medio tembloroso volteó hacia donde se escuchó aquélla voz, al ver a

Marcos parado ahí frente a él, Sebastián se quedó paralizado de miedo, más aún al ver los ojos aterradores de Marcos, estaba a punto de sufrir un infarto de la impresión, no es que Sebastián fuera muy creyente de las cosas del mas allá, o que fuera muy cobarde, pero póngase en su lugar, y lo peor, esas cosas siempre te tienen que pasar a media noche y cuando uno esta solo.
Marcos decía, cálmate, cálmate Sebastián, soy yo, Marcos tu amigo, no voy a hacerte daño, solo necesito unas cosas, medio tembloroso, Sebastián abrió la puerta de la armería, Marcos entró y tomó una mochila grande y una mediana, se puso un uniforme para fuerzas especiales y llenó las mochilas con armas y municiones, se ciñó una fornitura con la funda al lado de las caderas y le puso fundas para muchos cargadores, un rifle AK-44 una espada japonesa y

un cuchillo militar, sus guantes negros no podían faltar, le pidió también a Sebastián la llave de una patrulla.
A Sebastián le menguó un poquito el miedo, pensaba, ¿Para que necesitaría un aparecido armas y un vehiculo? ¡Que raro!
De salida Marcos pasó por la enfermería y se llevó lo que pudo de medicamentos, subió a una camioneta y salió a toda prisa de la academia. Se dirigió al parque nacional donde se encuentran unas cuevas señaladas en el mapa que traía. Llegó casi al amanecer, las cuevas eran algo extensas pero algo como un instinto lo guiaba, llegó a un lugar exactamente como dijo Airos Oel, notó como se mezclaban allí la luz con la oscuridad el frió con el calor y el agua con el aire, justo en medio de todo comenzó a formarse como un espejo, primero reflejaba a Marcos, pero poco a poco fue mostrando otro mundo, un mudo

parecido al nuestro, Marcos avanzó y atravesó el portal, frente a él había un camino largo que parecía no tener fin, Marcos extrañado miraba a su alrededor, era un mundo muy parecido al nuestro, el cielo era azul como el nuestro, la tierra era roja como en algunas partes de nuestro mundo lo es, y el camino era como muchos caminos que hay por ahí, como esos caminos viejos que llevan de un pueblo a otro, pero como ya dije, ese camino parecía no tener fin, y había otro camino que se cruzaba con ese camino mas adelante. Marcos volteó hacia atrás, el portal ya no estaba y el mismo camino seguía, parecía que llegaba a una ciudad, pero la ciudad estaba de cabeza y en las nubes, como colgando hacia abajo, el camino se retorcía y se volteaba de manera que se acoplaba a la ciudad que estaba hacia abajo. Volteó hacia en frente de él y por el camino que se cruzaba con ese camino

largo, del lado izquierdo y del lado derecho venia caminando Airos Oel, ¡se le perdió de vista! ¡Un fuego intenso con llamas altas apareció en todo el terreno! por todas partes apareció ese fuego, solo en los caminos no había fuego.
Airos Oel salió por ambos lados del camino que cruzaba ese camino largo, y caminó hacia Marcos quedando frente a él.
Caminaba lento, con la mirada fija en Marcos, Marcos seguía intimidándose por Airos Oel, realmente Airos era alguien que intimidaba a cualquiera, sin olvidar el fuego que estaba por todas partes. Marcos no entendía nada, de repente, Marcos recordó que cuando era niño, había tenido un sueño, precisamente así como estaba ocurriendo en ese momento, sintió una emoción extraña en el cuerpo, ¡Esto ya lo había visto! Se decía, ¡Que extraño!

Airos Oel comenzó a hablar. Que bueno que llegas, dijo, te he estado esperando, veo que vienes preparado, bien, esas armas te servirán, pon atención, iras al mundo de los Keops, por ese camino que lleva hacia la cuidad que está hacia abajo en esas nubes, pero no vayas a la ciudad, de echo aunque fueras ahí no podrías entrar, poco antes de llegar a la ciudad encontraras un lugar que parece como con muchas raíces, da unos pasos hacia adentro del lugar, solo unos pasos, no más, detente e inclínate con una rodilla en el suelo, usa las facultades que te di, concéntrate y ubica una entrada escondida a la distancia entre las raíces.
Antes de que avances un paso mas sabe esto, no te será fácil llegar hasta esa entrada, tienes que agarrarte fuertemente a las raíces, aunque te parezca tonto, no te desconcentres, por ningún motivo te sueltes, después de

que empieces a avanzar, tienes que avanzar bien sujeto de las raíces, no lo olvides.
Cuando llegues a la entrada y positivamente entres por ella, en ese momento, tienes que avanzar tirado en el suelo, arrastrándote, también por ningún motivo vayas a levantarte, así tienes que avanzar, los Keops aun recuerdan bien a los Kaliors que esclavizaron a sus hermanos, seres que caminaban en dos piernas, y si llegas caminando, te harán pedazos en un instante.

En ese lugar encontraras un Keop de nombre Ofiel, él te ayudará de ahí en adelante para encontrar a los Kaliors y recuperar a tu hijo, es uno de los keops más fuertes y sabios, cualquier cosa que necesites o quieras saber pregúntale a él, te dará instrucciones para sobrevivir en los mundos a donde tendrás que ir, tienes que obedecerle

ciegamente, también te ayudará con lo que no puedes ver, pues aunque te di muchas facultades, como humano tienes algunas limitaciones.
Marcos asintió con la cabeza. Ve, dijo Airos Oel, recupera a tu hijo y libera a los keops.
Dio un gran salto, uno hacia la derecha y otro hacia la izquierda hacia el fuego, no olvidemos que Airos era un solo ser en dos cuerpos, y desapareció el fuego junto con Airos Oel.
Marcos se dio la media vuelta y se dirigió hacia la ciudad que parecía estar de cabeza en las nubes, caminó y caminó, por un buen rato, sin darse cuenta, la ciudad ya no estaba de cabeza, volteó hacia atrás y ahora el mundo que estaba de cabeza era el de Airos Oel, ¡Que extraño! Se decía Marcos, pero bueno, ya no estoy en mi mundo, caminó un poco mas y encontró ese lugar, una tierra que no

se sabia cual era arriba o abajo las raíces que estaban por todos lados se revolvían con las nubes, parecía que esas raíces salían de la ciudad, y se extendían por muchos kilómetros, ¡Que extraño era todo para Marcos! desde el mundo de Airos Oel se mira la ciudad, pero las raíces no, y desde ese lugar, párese que las raíces, llegan hacia todas partes.
Pues bien, caminó Marcos unos pasos, y se detuvo como le dijo Airos, puso una rodilla a tierra y se agarró con fuerza a las raíces,
sin saber por que ni para que hacia aquello, se sujetó muy bien todas las cosas que llevaba, volteó hacia todas partes, pero no miraba ninguna entrada, concéntrate, concéntrate Marcos, se dijo, de repente, fijó su mirada hacia un punto lejano, se concentró aún más, y pareció como si ese punto lejano se acercara a toda velocidad, Marcos pudo ver como si

estuviera a un lado de aquel lugar donde concentro su mirada, y vio un hueco entre las raíces, ¡esa debe ser la entrada! serró los ojos y cuando los abrió tenia la vista normal, ¡que bárbaro! Si tengo poderes, dijo Marcos sonriendo, avanzó agarrado de las raíces, se miraba un poco cómico y se sentía ridículo, lo bueno es que nadie me esta viendo, o eso creo, pensó Marcos, llevaba unos cuantos metros avanzando de ese modo, cuando de repente, quedó colgando de las raíces de las que estaba agarrado, fue como si aquel mundo se hubiera volteado en un instante. Marcos siguió avanzando colgado de las raíces, de repente ahora quedó acostado sobre las raíces, como si el mundo se hubiera puesto de lado esta vez, siguió avanzando como colgado de una pared, ahora ese mundo, o la gravedad de ese mundo, o quien sabe que pasaba, se volvió a voltear, hacia el lado contrario de donde colgaba Marcos, y Marcos giró dándose un buen golpe como contra la pared, pero no se soltó. En aquel mundo, o aquel lugar, cambiaba constantemente la dirección de la fuerza atrayente, como la fuerza de gravedad de nuestro mundo, el pobre de Marcos llegó hacia el hueco entre las raíces dándose contra el suelo constantemente y retorciéndose las manos también por las vueltas que parecía dar aquel lugar, y se le perdía la dirección en la cual ir, así que tenia que volver a concentrarse para ver donde estaba la entrada, suerte que se ciñó muy bien las cosas que llevaba, por fin llegó, y entró por el hueco, salió por el suelo en el mundo de los Keops, un mundo con un cielo color naranja como el del atardecer, y grandes llanuras, un, como pasto amarillo, como el pasto de nuestro mundo en la temporada que no

llueve, eso fue lo que Marcos alcanzó a ver.
Comenzó avanzar arrastrándose como le dijo Airos Oel, al alzar la mirada estaban por ahí unas bestias peludas, algo parecido a un búfalo pero lanudas como las ovejas, tenían el pelaje algo enmarañado, su pelaje era rojizo, parecían criaturas apacibles, Marcos pensó, ¿esos serán los Keops? ¿Esos son los que me harían pedazos en un instante? Y volteaba para todos lados buscando criaturas que se vieran mas feroces, pero no había ningún otro ser por ahí, solo esas criaturas curiosas.
Siguió arrastrándose, en eso se topó con los pies de una de esas criaturas, Marcos notó que esa criatura tenía las cuatro patas como manos de gorila.
Era una revoltura muy extraña, cuerpo de un toro mediano, sin cola ni pesuñas, con manos como de gorila, el cuello peludo y largo hacia delante, el rostro de esa criatura era todavía más

raro, cara redonda, medio plana, tenía los ojos como Airos Oel, pero eran pequeños, no tenia nariz y la boca la tenía casi de lado a lado de la cara parecida a la de un reptil.
¿Quién eres? Preguntó la criatura con voz grave.
¡Y encima habla! Dijo Marcos.
Me llamo Marcos, Airos Oel me envió.
Lo sé, ponte de pie, dijo la criatura.
Así me muevo, arrastrándome, dijo Marcos.
¿Crees que no conozco a los humanos? ¡Ponte de pie!
Marcos de puso de pie titubeante. La criatura levantó el cuello y quedó cara a cara con Marcos. Se miraron fijamente por un momento, luego la criatura comenzó a dar vueltas alrededor de Marcos mirándolo de arriba a bajo inspeccionándolo, se detuvo y dijo, yo soy Ofiel, te he

estado esperando, te voy a ayudar a recuperar a tu hijo.
Te lo agradezco dijo Marcos.
No lo agradezcas todavía, dijo la criatura, mientras miraba fijamente los ojos de Marcos. Tienes ojos de Keop, dijo, puedo sentir que eres parte Keop, Airos Oel confía en ti pero yo no, no vamos a formar un vínculo como mis hermanos lo hicieron con los Kaliors, ni dejaré que montes en mí. Muévete, es hora de irnos.
¿Qué vamos a hacer primero? Preguntó Marcos.
Iremos a un lugar donde hayan estado los Kaliors, para poder seguir el rastro de mis hermanos, el lugar donde se llevaron a tu hijo es una buena opción.
Marcos quería hacerle mil preguntas a Ofiel, estaba un poco nervioso y preocupado, tenía muy presente las palabras de Airos, de obedecer ciegamente a Ofiel.

A Ofiel no le agradaba Marcos mucho que digamos, pero pensaba en lo que le dijo Airos, que si le ayudaba a este humano podría rescatar a sus hermanos.
Marcos estaba parado al lado derecho de Ofiel, a la espera de qué seguía, entonces Ofiel medio levantó su rostro e hizo un extraño ruido mientras soplaba, y su aliento parecía como vapor cristalino, fue formando como una cortina frente a ellos, entonces apareció del otro lado de la cortina el mundo de Marcos, podía ver su casa y el lugar donde desapareció su hijo.
Entonces Ofiel dijo; andando, y los dos cruzaron por la cortina hacia el lugar donde desapareció Pablito, después de eso la cortina desapareció tras de ellos.
A Marcos lo abrumaban muchas cosas, estos seres ahora le estaban dando una esperanza, pero al estar nuevamente en el lugar donde

desapareció su hijo, su tristeza se asomaba.
Ofiel al ver la tristeza de Marcos, sintió pena por él, ya se había comprometido a ayudar a Marcos, pero ahora Ofiel pudo ver claramente su corazón, así que su compromiso se reafirmó aún más.
Los Keops siempre procuraban llegar a algún mundo cuando la oscuridad pudiera ocultarlos un poco de los habitantes de ese mundo, curiosamente cuando Ofiel y Marcos cruzaron por el portal, era de noche en el mundo de Marcos.
¡Que olor tan desagradable hay aquí! Dijo Ofiel.
Es el olor de esos malditos Kaliors, dijo Marcos, hace ya tanto tiempo que se llevaron a mi hijo y todavía persiste su mal olor.
Ofiel también mostró tristeza al pensar en la vida que llevaban sus hermanos, no es que los Keops se bañaran

mucho, pero su mundo era un mundo limpio, y quien sabe en que basureros metían los Kaliors a los Keops, pensó Ofiel.
¡Están aquí! Exclamó Ofiel.
¿Aquí? Dijo Marcos mientras le daba un salto el corazón.
Sí, están aquí, en tu mundo, puedo sentir a mis hermanos, dijo Ofiel mientras agachaba el rostro, movía hacia los lados la cabeza como si lo hiciera para captar mejor alguna señal, pero hay algo extraño en ellos, los siento diferentes, decía Ofiel mientras ponía expresión de extrañeza. Marcos volteaba hacia los lados, buscando. Ofiel sonrió, Marcos al verlo, también sonrió, por dos cosas, se dio cuenta de que los Kaliors no estaban precisamente ahí, y por que Ofiel se veía muy gracioso sonriendo.
Ofiel volvió a abrir el portal y los dos cruzaron hacia el mundo de los Keops nuevamente. Marcos puso expresión

de extrañeza. Ofiel dijo, tenemos que llegar a tu mundo del otro lado y no puedo abrir portales hacia el mismo mundo, por eso volvimos a mi mundo, entonces Ofiel volvió a abrir otro portal hacia el mundo de Marcos, llegaron a África, también de noche. Marcos no se dio cuenta inmediatamente en donde estaban, hasta que inspeccionó bien el terreno.
¿Estamos en África? Preguntó.
Si, así es. Respondió Ofiel, Creo que así se llama este lugar.
¿Pero como es, que es de noche también?
El portal no solo controla las dimensiones, también el tiempo, dentro del portal el tiempo se detiene, así, por grande que sea la distancia a recorrer, puedes llegar casi en el mismo instante en el que entraste por el portal. Airos Oel yo y unos cuantos seres más, podemos manipular el tiempo un poco, así pudimos llegar de

noche hasta el otro lado de tu mundo, por suerte los Kaliors siguen aquí.
Marcos y Ofiel aparecieron a cierta distancia de los Kaliors. Ofiel sabía que los Kaliors, al estar unidos a los Keops, eran ahora también parte de los Keops, aunque eso no le pareciera nada agradable a los demás Keops y a Ofiel menos que a nadie. Así que Ofiel se arriesgó, a que los Keops, esclavos de los Kaliors, los detectaran, por así decirlo, al estar relativamente cerca de ellos.
Pero no fue así, cuando Ofiel detectó a sus hermanos, notó algo extraño en ellos, y ahora al estar más cerca de ellos, pudo darse cuenta con claridad lo que era. Sus hermanos habían entrado en un estado como inconciente, en un estado como de espera, tal vez esperando a ser rescatados algún día.
Eso hizo que a Ofiel lo invadiera una profunda tristeza, una tristeza que

nunca había sentido un Keop a lo largo de su historia.
Se desvaneció la fuerza de sus patas, así que cayó al suelo como aturdido, con un gesto de dolor en el rostro.
¡Ofiel! ¿Qué te pasa? Decía Marcos alarmado.
¡Mis hermanos Marcos! ¡Míralos! Son solo como un animal cualquiera.
Decía Ofiel con una voz que se desgarraba de dolor.
Marcos volteaba hacia los Keops, pero no notaba nada distinto entre ellos y Ofiel, pero podía entender que algo pasaba al ver a Ofiel tan ofuscado.
Muchos pensamientos inundaban la mente de Ofiel, todo lo que Airos Oel había hablado con él y todo lo que se supone tendría que hacer, pero nada lo había preparado para este momento.
Levantó el rostro hacia Marcos y dijo, humano, tienes que prometer en esta noche, que al ayudarte yo a salvar a tu

hijo, tú me ayudaras a liberar a mis hermanos.
¡Te lo prometo! Dijo Marcos en tono muy solemne.
Dirigieron la atención hacia los Kaliors. Estaba pasando algo muy peculiar, algo que no había presenciado nadie, o mejor dicho, casi nadie, por que Airos Oel ya lo había presenciado, ¡Era una ceremonia de los Kaliors, uno de ellos estaba a punto de mudar de cuerpo!
Pues bien, estaban los Kaliors en un paraje común en el corazón de África, en un claro al lado de unos de esos curiosos árboles que hay en allí, había unos cuantos matorrales a la distancia, ahí estaban precisamente Ofiel y Marcos escondidos, observando,
Lo primero que hicieron Marcos y Ofiel fue contar a los Kaliors y a los Keops, había en ese momento cuarenta y tres Kaliors y cuarenta y tres Keops, un Keop por cada Kalior.

Los kaliors estaban sentados en el suelo alrededor del Kalior que estaba mudando de cuerpo, había una fogata también. Los Keops estaban todos juntos, echados bajo el árbol, del otro lado de donde estaban los Kaliors, estaban como dormitando.
Los Kaliors que estaban sentados alrededor del que estaba mudando de cuerpo, unos estaban en pequeños grupos, como platicando de sus asuntos, otros estaban sentados en el suelo como todos, pero solos, atentos a lo que estaba pasando. Todos trían la misma vestimenta, era algo como ropa echa tiras, al parecer era para camuflarse.
Era una noche clara, el Kalior que estaba en el centro, estaba también sentado en el suelo, con los pies cruzados, las manos como abrasándose solo, estaba agachado, con los ojos cerrados, como meditando. Aunque en realidad lo que

estaba haciendo era terminar de transmitir su ser a su nuevo cuerpo.
Ofiel y Marcos, miraban y escuchaban atentos, trataban de grabarse en la mente los nombres que escuchaban y el personaje que lo tenía, por las diferencias que había entre un Kalior y otro.
Para empezar Ofiel le explicó a Marcos el tipo de cuerpo que tenían los Kaliors y de qué mundo los habían extraído.
Fíjate Marcos, dijo Ofiel, están catorce Kaliors con cuerpo de humano, ocho con cuerpo de humfrum, son los que parecen humanos, pero de colores, ¿Los ves?
Si, contestó Marcos.
Seis con cuerpo de horiun, son los de las caras planas, que párese que traen lentes y con algo como tiras de ojos hacia abajo.

Otros seis con cuerpo de honohuz, los que son como de humo con partes de hueso expuesto.
Y otros nueve con cuerpo de rádikrao, son los transparentes, con líneas como hilos de colores en su interior.
Marcos miraba a Ofiel atentamente, Ofiel se dio cuenta de lo que estaba pensando Marcos. Conozco todos los mundos y todos los seres que los habitan, dijo Ofiel, he vivido más tiempo de lo que te imaginas.
Párese que los humanos son sus favoritos, dijo Marcos.
En otros mundos cuidan más a sus hijos, dijo Ofiel, además los humanos parecen ser los más fáciles de modificar y ocupar, pero noto otra cosa en los Kaliors por lo que los humanos son sus favoritos, ¡Mira! Todos los Kaliors con cuerpo de humano están comiendo, bebiendo, fumando, ¡párese que otros están consumiendo drogas!

Se que no lo hacen por necesidad, ellos modifican los cuerpos para no tener esas necesidades, algo parecido a lo que Airos Oel hizo contigo, pero ellos no se hacen mas fuertes, por el contrario, la transformación debilita los cuerpos, por eso les duran menos de lo que deberían.

¿Por eso todos parecen viejos? Preguntó Marcos.

Exactamente, respondió Ofiel.

¿Así vestían en su mundo, con esa ropa de color oscuro y con muchas tiras? Preguntó Marcos.

No, respondió Ofiel, esa vestimenta la usan para camuflarse, la vio Kalion en una película de humanos que disparaban desde lejos, le decían franco tirador.

Marcos sonrió.

¿Existen muchos mundos abitados, Ofiel? Preguntó Marcos.

Si, respondió Ofiel, pero son muy pocos en los que existen seres que sean parecidos a ustedes y los kaliors.
Mmmm.... Expresó Marcos.
Pon atención, te voy a enseñar a usar una de las habilidades que Airos te dio. Concéntrate en aquél grupo de cuatro que está al extremo izquierdo de nosotros.
Si, dijo Marcos, y centró su atención en aquellos cuatro kaliors, eran tres con cuerpo de humano, y uno con cuerpo de rádikrao
¿Listo? Preguntó Ofiel.
Si, contestó Marcos.
Bien, concéntrate en los movimientos que hacen, en los gestos que hacen y trata de enfocarte también en lo que están pensando al hablar.
Marcos se concentró muchísimo, miraba los ademanes, los gestos que hacían, y trataba de concentrarse en lo que estaba pensando el kalior que

estaba ablando en ese momento, entonces, ¡comenzó a entenderlo! Un kalior le hablaba a otro kalior de cuerpo transparente, de los que Ofiel había dicho que eran de los rádikrao, y decía; vamos Tiro, sé que puedes hacerlo, mientras le ofrecía algo como un cigarro.
¡Entiendo lo que están diciendo! Exclamó Marcos admirado, ese kalior está presionando a aquél otro para que fume.
Así es, dijo Ofiel.
Entonces el kalior con cuerpo de rádikrao tomó el cigarro de la mano del otro kalior y le dio un gran sorbo, los kaliors que habían estado presionándolo se quedaron muy atentos, Marcos y Ofiel también, después de un momento, al kalior con cuerpo de rádikrao, le comenzó a salir humo por todo el cuerpo, como si le saliera de los poros, mientras se le notaba mareado. Todos los que

estaban a su alrededor soltaron la carcajada.
¡Silencio! Gritó un kalior con cuerpo de humano que estaba cerca del kalior que estaba por cambiar de cuerpo, todos los kaliors quedaron en silencio mientras este otro hablaba y decía, hoy se cumple un ciclo más, ¡nuevamente engañamos a la muerte y salimos victoriosos! En eso el kalior que estaba sentado en posición de meditación, expiró, o eso parecía, pues su cuerpo su antiguo cuerpo, quedó inactivo, ¡Muerto!
En eso el capullo que tenía en la espalda comenzó a abrirse, saliendo de él un nuevo ser, joven, bien parecido, fuerte. Todos se acercaron para felicitarlo. Entonces el kalior con cuerpo nuevo tomó el capullo del otro cuerpo sin vida mientras se hacia polvo y lo llevó hacia el keop que montaba y se lo amarro.

¡Míralos! dijo Marcos, muy contentos con el del cuerpo nuevo. Mientras meneaba la cabeza en forma de rechazo, pensando en su hijo, ¿Qué sucedería? ¿Podría rescatarlo a tiempo? ¿Podría si quiera ser capaz de matar a un kalior? Muchas cosas lo abrumaban, ¿Quién de ellos tendrá a mi hijo?
Ofiel también pensaba con tristeza en la familia de ese joven que acababa de emerger, y en su propia familia pues cada que un kalior tenía cuerpo nuevo significaba más tiempo de esclavitud para sus hermanos.
El kalior que acababa de emerger con cuerpo nuevo, ahora montó en el keop al que le había amarrado el capullo, el keop abrió un portal y desaparecieron.
Ofiel entendió por las conversaciones de los kaliors, que a todos los kaliors con cuerpo nuevo, lo joven y fuerte le duraba muy poco y que en ese lapso

de tiempo viajaban solos, para darle gusto al cuerpo, por así decirlo.
Ofiel entendió muchas cosas acerca de los kaliors en esa noche, mientras los kaliors estaban de fiesta tomando hasta caer, hablaban sin pensar que alguien los estuviera escuchando, diciendo absolutamente todo lo que hacían y lo que tenían planeado hacer, Ofiel y Marcos notaron que los kaliors estaban divididos en pequeños grupos de "amigos" por así decirlo, y que había algunos kaliors aislados que no convivían con nadie, estaban como depresivos, pero eso no les impedía emborracharse, por el contrario tomaban más que algunos otros.
Así estuvieron hasta la madrugada, hasta que cayó el último de los kaliors, profundamente dormido.
¡Es hora de actuar! Apremió Ofiel a Marcos. ¡Mira! Ese kalior que está al extremo cerca de los keops, ese es uno de los Kaliors que se aíslan de los

demás, estoy seguro que nadie lo va a extrañar. ¡Ve!
Entonces Marcos se levantó, caminó seguro hasta los kaliors, inclinó una rodilla a tierra y sacó su cuchillo, hizo el gesto como de apuñalar al kalior, pero se detenía vez tras vez, enojado y desesperado, se decía, ¡vamos! ¡Tienes que hacerlo! Pero no podía, por ser parte Keop y por que los kaliors tenían un vínculo con los Keops, Marcos no podía dañarlos. Entonces el kalior que Marcos iba a matar entre abrió los ojos, como acto reflejo Marcos lo golpeo fuertemente para desmayarlo y lo llevó hasta donde Ofiel. ¡No puedo! ¡No puedo matarlo! Le decía lamentándose, ¡no se como voy a hacer para rescatar a mi hijo!
¿Entonces quien lo mató? Preguntó Ofiel.

¡Que! Dijo Marcos admirado, solo lo golpee para dormirlo, no le pegue ni tan fuerte.
Pues eso fue suficiente, dijo Ofiel, Airos Oel te hizo muy fuerte, más de lo que puedes imaginarte.
Mientras estaban en eso, un keop, precisamente el que montaba aquel kalior que Marcos había matado, llegó hasta ellos.
¡Hermano! Exclamó Ofiel, el otro keop y Ofiel se acercaron uno al otro poniendo la cabeza del uno sobre el hombro del otro por un buen rato, como cuando uno abrasa a alguien con mucho cariño. Después de eso Ofiel presentó a Marcos con su hermano keop y le explicó como su padre Airos Oel había preparado los asuntos para liberarlos a todos. Se despidieron y el keop se fue al mundo de ellos donde fue recibido con gran regocijo.
Mientras tanto donde estaban Marcos y Ofiel, se abrió el capullo que aquel

kalior tenía en la espalda, de ahí salió un niño de color morado como una uva, ¿este es tu hijo? Preguntó Ofiel. Claro que no, replicó Marcos, dio la media vuelta y se dirigió hacia los demás kaliors, ¿Qué haces? Dijo Ofiel. Voy a buscar a mi hijo, dijo Marcos, ¡espera! Dijo Ofiel ¡Mira! Entonces el niño comenzó a recobrar el sentido haciendo un ruido como de querer llorar, rápidamente Ofiel, le explicó que lo habían salvado y que…..

¿Ahora que hacemos con él? Pensó. Tenemos que regresarlo a su mundo, dijo Ofiel, no podemos dejarlo aquí. ¿Cómo te llamas? Preguntó Ofiel, y ¡Marcos entendió! aunque Ofiel habló en el lenguaje del niño. Mi nombre es Minset señor, dijo aquel niño muy atemorizado. Yo me llamo Ofiel, soy un keop, él se llama Marcos y es un humano, ¿Tú eres un humfrum verdad?

Si señor, dijo el niño que tendría mas o menos lo que en nuestro mundo serian unos ocho años de edad. Vamos a llevarte con tu familia dijo Ofiel. Esto tranquilizo un poco al niño. Marcos se quedó pensando por un momento, mientras meneaba la cabeza haciendo un gesto de ya ni modo, dijo, tienes razón, no podemos dejarlo aquí, pero talvez puedo llevar más, y así encontrar a mi hijo más pronto. Ofiel se quedó mirando a Marcos directo a los ojos muy serio.
¡Ya sé! ¡No puedo! cada mundo es diferente en atmósfera y temperatura, bien vamos, dijo Marcos refunfuñando. Entonces Ofiel le puso la mano derecha en la cabeza al niño y le pidió que se concentrara mucho en su hogar, después abrió un portal hacia el mundo de aquel niño.

Los humfrum.

Cuando cruzaron el portal, apareció ante ellos el mundo de los humfrum,

Marcos se quedó admirado, aquel mundo, ¡era precioso! el suelo estaba cubierto de una cosa como pequeños dedos de goma color naranja tenue, o mejor dicho como color salmón pero muy suave, con un sol muy tibio como cuando se está poniendo en la tarde en nuestro mundo, con un cielo espacioso, azul como el nuestro, con matices de color naranja y amarillo, con árboles frondosos y grandes, de todos colores y un viento suave que acariciaba el rostro, pasó junto de ellos una parvada como de pequeños pájaros de color verde claro, que volaban despacio y que no parecían tener pies, muy esponjosos también, uno de ellos chocó en el rostro de Marcos y se le quedó pegado.
Minset se rió, son tamos dijo.
Marcos se despego con la mano y con cuidado al pequeño tamo, dejándolo ir.
Marcos no dejaba de admirar aquel lugar, era hermoso, ellos aparecieron

en un área abierta, muy espaciosa, de su lado derecho estaba ese bosque y a lo lejos del lado izquierdo, se miraban unas grandes montañas, hacia el frente nada mas que campo abierto, a los tres les dieron ganas de correr como locos y rodar y rodar como niños divirtiéndose.

¿Por qué aparecimos de día? Preguntó Marcos.

Aquí no hay ningún peligro, dijo Ofiel.

Caminaron despacio hacia un gran grupo de árboles, Marcos tocó uno de ellos, parecían estar cubiertos de una espacie de goma, muy suave al tacto, parecía que en aquel mundo no había nada que dañara a nadie, se internaron entre los árboles, allí estaba la aldea de Minset. Los habitantes de allí se quedaban inmóviles al ver a Marcos Ofiel y a Minset, todos estaban muy serios, Marcos extrañado notó que, ¡Todos los habitantes eran de colores!

Y algunos tenían la piel con textura como de frutas, como las piñas, naranjas, melones duraznos, uvas, en fin Marcos se sintió como en un mercado, le daban ganas de reírse, pero al ver las caras tan fúnebres de todos, se aguantó. Los tres seguían caminando mientras todos iban saliendo de entre los árboles y los empezaban a seguir, llegaron a una cabaña, echa de ramas, se miraba muy cómoda y espaciosa, en uno de los cuartos había una cama echa de troncos delgados y tenia colchas bordadas de hojas.

Allí estaba tendida una mujer, o lo que seria una mujer en aquel mundo, estaba muy enferma, al borde de la muerte, junto a ella estaban barias mujeres mayores y jóvenes, había una que le estaba agarrando la mano izquierda, tenía el rostro hacia abajo, ¡estaba llorando!

¡Mamá! Gritó Minset y se lanzó hacia la cama.
La mujer, aunque muy débil inmediatamente volteo, soltó el llanto de alegría y abrasó a Minset.
Mientras lo besaba, decía, ¿En donde estabas? ¿Qué pasó con-tigo?
La joven que estaba tomando de la mano a la mujer, también abrazó fuertemente a Minset ¿estas bien? Preguntó.
Si, si, estoy bien, dijo Minset.
¿Dónde estabas? Preguntó la madre de Minset.
No lo sé, respondió el niño.
Yo le puedo explicar, dijo Marcos.
Con el sobresalto y el gusto de ver a Minset, nadie le había puesto atención a Ofiel y Marcos. Pero al oírlo hablar en su lenguaje, todos se atemorizaron.
No tengan miedo, dijo Marcos, no venimos a hacerles daño, venimos a traer a su hijo, lo rescatamos y aquí lo tiene.

Muchas gracias, dijo la madre de Minset, todos asintieron con la cabeza, mostrando agradecimiento a Marcos y Ofiel.
De repente la mujer ya no se miraba al borde de la muerte, es más, mientras seguían platicando de quien eran ellos, quien se había llevado a su hijo y acerca del hijo de Marcos, la mujer se miraba cada vez mejor.
Marcos volteaba a ver a Ofiel, haciendo una mirada de interrogación.
Luego te explico susurraba Ofiel mientas recibía la admiración de todos.
Al ver que Ofiel también comenzó a hablar, todos al unísono, hicieron un ruido de admiración, algo como ooooh….
Tuvieron que explicar con detalle varias veces, qué era Ofiel y qué era Marcos.

Después de abrasar y felicitar a la mujer, poco a poco se fueron retirando cada cual a sus propias actividades.
Era una aldea pequeña como de unos quinientos miembros.
La única que se quedó en la habitación fue la joven, que tenía por nombre Nady, ¿Gustan algo de comer? o ¿De beber? Dijo la joven.
Estamos bien gracias, dijeron los dos.
¿Y tú Min? Dijo la joven.
Si, yo si quiero, respondió Minset.
Salió la joven para traerle algo al niño, la madre de Min, dijo, ¿como puedo agradecerles el que me hayan devuelto a mi muchacho?
No se preocupe, dijo Marcos, no tiene que hacer nada, solo cuídense mucho.
Ofiel notaba muy preocupada a la mujer, aunque estaba ya con su hijo perdido, se notaba que algo seguía preocupándole demasiado.
Ofiel sabía que la mujer no iba a confiarles de buenas a primeras todas

sus penas aunque le hubieran devuelto a su hijo, así que pensó en otra forma de enterarse que pasaba.
Cuando la joven llegó con alimento y algo que beber para Min y su Madre, por que la madre tampoco había probado bocado, Ofiel dijo, bueno los dejamos para que coman y platiquen.
¿Se van a seguir a los Kaliors? Preguntó Min.
No, todavía no nos vamos a ir, respondió Ofiel.
Mientras iban saliendo de la cabaña, Marcos preguntó, ¿no nos vamos?
Ofiel dijo, ¿te diste cuenta que la mujer, aunque tenía a su hijo perdido de vuelta, seguía muy preocupada?
Si, dijo Marcos, me di cuenta.
Pregúntale a ella, dijo Ofiel.
Entonces Marcos se acercó a la joven y preguntó, dime Nady ¿que es lo que tiene tan preocupada a la madre de Min?

Árosco, el padre de Min, fue a buscarlo, está empeñado en que se lo llevaron los trazsiegos.
¿Los trazsiegos? Preguntó Marcos.
Son como las aves de tu mundo, parecidos a las águilas con revoltura de búho y lechuza, ya los veras, dijo Ofiel.
Solo causará que lo maten, dijo la joven.
¿Hacia donde se fue? ¿Sabes?
Si, hacia las montañas, dijo la joven, ahí es donde los trazsiegos habitan.
Mientras la joven hablaba, Marcos, admirado, la miraba a detalle.
¡Era realmente hermosa! tenía la piel de color como un durazno maduro, se notaba que tenía la piel tan tersa como un bebé, y tenía un cuerpo muy, pero muy, torneado, unos ojos preciosos color miel, dientes muy blancos, manos pequeñas, de repente le dieron ganas de darle una gran mordida.

Mientras él la miraba, ella también lo miraba con detalle y aunque le causaba un poco de temor, también le causaba gran curiosidad, más aún esos ojos tan extraños que tenía, en ese momento comenzó a haber una conexión entre ellos, cosas que a veces pasan, como si el destino se interpusiera a cada paso que damos para burlarse de nosotros, poniéndonos en nuestro camino amores imposibles.

En fin, de repente los dos se sonrojaron y dirigieron la mirada hacia abajo, sonriendo.

Ofiel mientras caminaba alejándose de ellos dijo, vamos.

Marcos caminó apresuradamente para alcanzar a Ofiel mientras no dejaba de ver a la joven.

Ni se te ocurra, dijo Ofiel.

¿Qué? Dijo Marcos.

No te hagas el tonto, puedo notar los cambios químicos en ambos.

Marcos comenzó a tartamudear, ¿Qué que, e e e nnn? Mientras volteaba y volteaba a ver a la joven.
¡Ya basta Marcos! No puedes hacer esto, no puedes dejar que tu corazón se divida, te perjudicaría mucho, perderías de vista el propósito que ahora te mueve, tienes que concentrarte.
Marcos, muy serio asintió con la cabeza.
La joven sonriendo, decía adiós con la mano, pero Marcos solo fijó su rostro hacia delante y no volteo más.
La joven solo bajó la mano, con un sentimiento extraño en su corazón.
Mientras Ofiel y Marcos caminaban hacia las montañas, no salían de su asombro, o más bien de ese sentimiento que causaba estar en ese mundo, un mundo donde no parecía haber nada que causara daño alguno.
Marcos le dijo a Ofiel, explícame que pasó con la mujer.

¿Por qué parecía que se alivió de repente? Dijo Ofiel.
Pues verás, los humfrum están muy conectados con las personas que aman, estaba enferma porque había perdido a su hijo, por eso al devolvérselo le devolvimos la salud.
Mientras iban platicando vieron unos humfrum que venían corriendo rápidamente hacia ellos, pasaron por un lado de ellos a gran velocidad.
¡Que bárbaro! Dijo Marcos, si que son veloces estos humfrum.
Sí, dijo Ofiel, es uno de sus talentos.
Entonces vieron unas grandes aves que venían volando hacia ellos también, a gran velocidad, cuando pasaron por encima de ellos, Marcos quiso ver con detalle a esas extrañas aves, así que concentró su atención para notar detalles, de repente, fue como si el tiempo se detuviera, se ralentizara, pudo ver a detalle mientras

aquellas aves parecían inmóviles sobre ellos.
¡Eran bastante grandes! Tendrían unos cuatro metros de envergadura, grandes garras como de águilas, tenía la cabeza como los loros o las guacamayas, con esas plumas levantadas también, tenían como una i griega mayúscula en el rostro que formaba los ojos y el pico, estaban unidos, no tenían división entre ellos, solo se notaban los ojos por unas pequeñas figuras en forma de rombos color gris en la sección de los ojos, lo demás era gris con matices blancos, una de ellas abrió el pico haciendo un ruido que seria la forma de comunicarse como lo hacen las aves de nuestro mundo, entonces Marcos pudo notar que el pico se les abría de forma vertical, el pico era como dos grandes navajas, unido a los ojos formaba esa curiosa i griega, que le tiraba un poco a una t mayúscula con la parte de arriba un poco

levantada. El plumaje lo tenían color hueso con algunos tonos de azul claro y amarillo.
Después de que Marcos pudiera ver a esas aves con detalle, fue como si el tiempo volviera a la normalidad, ¿Notaste eso? Preguntó a Ofiel.
¿Qué cosa? Dijo Ofiel.
Nada, nada, dijo Marcos, luego te digo, apuesto que uno de esos era el padre de Min.
Si dijo Ofiel, creo que si. Y corrieron tras de ellos.
Faltaba poco para que esos dos humfrum llegaran a los árboles que podían resguardarlos, cuando uno de los trazsiegos les dio alcance, agarro a uno de ellos de la parte media del cuerpo, clavando sus garras en el abdomen de este. El otro trazsiego agarró de una pierna al otro humfrum, pero este se soltó, cayó de cabeza dándose un fuerte golpe.

Marcos tomó su rifle de asalto y con una gran puntería disparó dándole al ave en la cabeza, los disparos resonaron por todas partes, todos los humfrum corrieron al escuchar aquel sonido. el humfrum que llevaba cayó al suelo muy mal herido, Marcos corrió rápidamente hacia él para darle auxilio, mientras tanto el otro trazsiego dio la vuelta y se dirigió hacia ellos, entonces sucedió algo sorprendente,
Ofiel corrió hacia el ave dando un gran salto, mientras iba en el aire, las manos que tenía en las extremidades, que eran como de un gorila, se plegaron hacia atrás, como cuando uno se agarra el codo de una mano con la otra, después de eso, todo su pelaje se plegó en él de forma que ¡ya no parecía pelaje! Se plegó, se endureció y cambio de color ¡pareciendo la piel de un reptil! Sus extremidades traseras y delanteras se desplegaron como si

las hubiera tenido dobladas, como cuando uno se toca el hombro con la misma mano, se desplegaron dando a Ofiel el doble de su tamaño y al final de sus nuevas extremidades tenía las patas como garras de reptil, con uñas muy, pero muy afiladas, también desplegó una cola como de lagarto que estaba doblada hacia adentro, como cuando los perros echan su cola por debajo de su vientre, la desplegó y en la punta tenía cuatro como colmillos afilados, del tamaño de sus garras, dos por un lado y dos por el otro, la cabeza de Ofiel se alargó hacia en frente y un poco hacia arriba, como si le saliera un segundo cuello, de los ojos hacia atrás, comenzaron a abrirse ¡Mas ojos! Y cada vez que se abría un ojo, ¡Era un poco mas grande que el anterior! Así hasta llagar al final de la protuberancia que tenía en ambos lados de la cabeza, se abrieron en Ofiel un total de doce ojos, contando los que tenía en frente del rostro, pero eso no fue todo, también su boca comenzó a hacerse mas y mas grande, abriéndose hacia los lados hasta llegar casi al final de su nueva cara, abrió su gran hocico y desplegó una larga fila de colmillos como de serpiente, los de enfrente un poco mas pequeños que los de el final, eran parecidos a los colmillos que despliega una serpiente de cascabel, pero mucho, mucho mas grandes. Todo esto pasó en un instante mientras Ofiel saltaba para atrapar a esa gran ave, la atrapó con su gran hocico y sus afiladas garras de modo que el ave murió casi instantáneamente. Ofiel cayó al suelo después de su gran salto con el ave muerta en su hocico, para este momento muchos humfrum habían salido a ver lo que estaba pasando, todos se sobre cogieron de temor al ver aquel monstruo y se quedaron inmóviles, a Marcos también se le

heló la sangre, pero de todos modos se acercó hacia Ofiel despacio, ¿Ofiel eres tú? Dijo Marcos.
Ofiel soltó el ave y dijo con una voz que hizo temblar a todos aún más.
Si soy yo, tengo la facultad de transformarme de esta forma si hay peligro. Entonces dio unos pasos y volvió a ser como era normalmente.
Todos estaban inmóviles, atemorizados por Ofiel y Marcos, Minset corrió llorando mientras gritaba, padre, padre, Nady corrió tras de él, el padre de Minset estaba muy mal herido, Marcos se acercó, tomó la mochila que traía con medicamentos y material de curación y comenzó a atender al humfrum.
Algunos humfrum mas se acercaron para ver lo que Marcos estaba haciendo, todos estaban boquiabiertos al ver como Marcos curaba las heridas de Árosco, después de vendarlo y al ver que el pobre tenía mucho dolor

pues no dejaba de quejarse le puso morfina, el pobre humfrum quedó desmayado casi al instante.
Aunque para Marcos, todo en ese mundo era extraño, le era aun más extraño lo que pareciera ser la sangre de aquel humfrum y que manchó la ropa y las manos de Marcos. Era exactamente igual al jugo de uva, de echo aquel humfrum tenía el color y la piel como una uva. Una idea le cruzó por la mente, muy discretamente, asegurándose que nadie lo viera, se llevó la mano a la boca para probar a qué sabía aquel liquido, rápidamente lo escupió pues en realidad si era sangre. De repente comenzó a escucharse un ruido extraño, un ruido como el que hace uno al arrugar una hoja de papel con la mano, había unos humfrum quitando plumas de las aves muertas, y al escuchar aquel ruido, rápidamente se alejaron de ellas, ¡entonces comenzó a abrirse el suelo

de debajo de los cuerpos muertos de aquellas aves!, y ¡comenzó a tragárselas! después de eso el suelo quedó totalmente limpio. Marcos y Ofiel se miraban uno al otro asombrados, los humfrum estaban muy tranquilos, al parecer esto era algo normal para ellos.

Al otro humfrum que se golpeo la cabeza Marcos le dio una pastilla para el dolor.

Los llevaron a la cabaña donde habían llegado Ofiel y Marcos primero, para ese momento al que le dio la pastilla estaba muy drogado. ¿Qué le diste? Dijo Ofiel.

Solo les di algo para el dolor, no fue la gran cosa.

Pues se te pasó la mano, dijo Ofiel, no podremos irnos hasta saber que van a estar bien.

Si no hay mas remedio, dijo Marcos ocultando según él, el gusto que le daba poder seguir mirando a Nady.

Esa tarde como era costumbre para los humfrum todos salieron a recolectar comida para la cena, ¿A dónde van todos? Preguntó Marcos a Nady.
Van a recolectar comida para la noche, respondió Nady, ¿Quieres ir con nosotros?
Por supuesto, respondió Marcos.
Salieron casi todos a la recolección, Ofiel y la madre de Min, se quedaron a cuidar a Árosco, el otro humfrum que estaba drogado salió rápidamente al ver que todos iban a la recolección.
Caminaron por un buen rato, a un lugar que estaba al extremo norte de la aldea, era en la orilla de aquel gran bosque por así decirle, todos los humfrum comenzaron a trepar a los árboles con gran destreza, Min estaba encantado, de regreso en su mundo, arrancaba frutos y se los lanzaba a Marcos gustoso diciendo ¡Atrápalos!
Eran parecidos a los cocos, pero un poco planos y al parecer se comía todo

el fruto, tanto la cáscara como la pulpa y el agua que tenía por dentro. Vamos Nady decía Min. Nady era muy buena trepando y recolectando frutos, pero esa tarde no quería trepar a los árboles, sentía un poco de vergüenza por la presencia de Marcos, y es que por la vestimenta de los humfrum al andar ella trepada en los árboles, y Marcos debajo, pues ya se imaginarán. Así que Nady no subía a los árboles, estoy acompañando a Marcos, decía Nady.

Había en la tribu, por así decirles, unos cuantos jóvenes pretendientes de Nady, estaban muy celosos de Marcos, los miraban de lejos lo contentos que se veían juntos, y aunque querían ahuyentar a Marcos, le tenían demasiado miedo como para decirle algo.

Después de recolectar, todos volvieron a la aldea cantando, en eso se escucharon algunos gritos. ¡No lo

hagas Artizi, no lo hagas! Decían algunos humfrum. Marcos y Nady se acercaron rápidamente para ver que estaba pasando, pues era el humfrum al que Marcos le había dado la pastilla para el dolor, estaba a punto de lanzarse de lo más alto de un árbol para que todos vieran que podía volar. ¡Ahí voy! Gritó y se lanzó sin más, Marcos corrió dio un gran salto, lo sujetó en el aire y cayeron los dos rodando por el suelo, todos pasaron un sobresalto, el humfrum no paraba de reír y decir ¡Volé! ¿Vieron? ¡Volé! Se le soltó a Marcos y salió corriendo de nuevo.
Todos soltaron la carcajada, algunos agradecieron a Marcos por salvarlo.
Llegando a la aldea, estaba Artizi todavía muy drogado, recargado en un árbol enamorando a todas las que pasaban. Adiós hermosa, hoy voy a pedir tu mano he, decía a todas, niñas, jóvenes, adultas y mayores sin

excepción, algunas solo se reían, otras se sonrojaban y otras de plano se la creían, al llegar a su casa se prepararon para la visita de Artizi. Llegando a la cabaña de Min, prepararon todo para la cena, en el mismo cuarto se sentaron todos alrededor, recargándose en la pared de la cabaña, cada cual con su porción de alimento, estaban en ese momento unos diez miembros de la tribu, estaban preocupados por Árosco, el pobre seguía totalmente sedado, no se preocupen va a estar bien, dijo Marcos, llegaron en ese momento algunos jóvenes, los pretendientes de Nady, cenar con la familia era costumbre en los humfrum, si alguna joven tenía pretendientes estos convivían con la familia hasta que la joven se decidía por uno de ellos. Nady y Min les dieron a Ofiel y Marcos de los frutos que recolectaron. Nady dijo; Se que nunca habían

venido a nuestro mundo, pero deben tener hambre, ¡pruébenlos! Son muy sabrosos.
Marcos volteaba a ver a Ofiel quien ya había comido dos o tres frutos antes que Nady terminara de hablar, ¿Puedo comer? Le preguntó, por supuesto que si, dijo Ofiel, aunque no lo necesitas no te pasará nada, puedes disfrutar de lo que quieras de alimento en cualquier mundo, además no quieres que te vean mas extraño de lo que ya te miran, ¿O si?
No, creo que no, dijo Marcos y comenzó a comer.
Mientras todos cenaban muy gustosos, Marcos notaba que la madre de Min seguía preocupada por algo, ¿Sabes que le pasa a la madre de Min? Tú te quedaste con ella cuidando a su esposo cuando salimos a recolectar, ¿Te dijo algo?
Si, respondió Ofiel.
¿Qué te dijo? ¡Dime! replicó Marcos.

Entonces Ofiel hizo tres o cuatro ruidos extraños, silbó resopló gruñó e hizo un ruido con la garganta, Marcos se quedó como atontado por un momento, ¿Qué fue eso? Dijo.
¿Entendiste? Preguntó Ofiel.
Creo que si, dijo Marcos. Es mi lenguaje, el lenguaje de los Keops, ¿Qué te parase?
No puedo creerlo, dijo Marcos asombrado, déjame ver si entendí bien, me acabas de decir que la preocupación de ella es por que se les está terminando el alimento, que tienen que viajar a otra aldea que está lejos de aquí donde de seguro hay mucho alimento para pasar una buena temporada mientras aquí vuelve a haber abundante alimento y que los guías son estos dos que están incapacitados ahora, así que te gustaría que nosotros los acompañáramos para asegurarnos que

van a estar bien, por que tienes un mal presentimiento.
Veo que las facultades que Airos Oel te dio funcionan a la perfección, eso fue precisamente lo que te dije.
¡Con unos cuantos sonidos! Que barbaridad, dijo Marcos riendo.
En eso se escuchó una conmoción afuera, ¿Qué estará pasando? Dijo la madre de Min, entonces uno de los amigos de Min entró corriendo, ¡Es Artizi vengan a ver! Dijo muy exaltado. Salieron todos rápidamente y vieron como algunos humfrum de la familia de Artizi lo correteaban, pues este andaba desnudo corriendo por todas partes, corría bastante rápido pues seguía bajo la influencia de lo que Marcos le dio para el dolor, ¿Pues que cosa fue lo que le diste? Replicó Ofiel.
Se llama acido acetalicilico, es una pastilla inofensiva en mi mundo y hasta es buena para algunas otras

cosas aparte de quitarte el dolor, en eso estaban cuando Artizi cayó por fin inconciente cerca de ellos. Marcos lo levantó y acompañado de su familia lo llevaron a su cabaña, no se preocupen va a estar bien dijo Marcos, solo necesita descansar un poco, ya verán que para mañana va a estar mejor, entonces les mostró que Artizi solo se había quedado profundamente dormido. Bueno es hora de dormir dijeron todos y se dirigió cada cual a su respectivo lugar de habitación, ¿Se van a quedar con nosotros? Les preguntó Min a Ofiel y Marcos. Si nos vamos a quedar hasta que tu padre este mejor, dijo Marcos. ¡Que bueno! Exclamó Min muy gustoso, Nady también mostró mucho gusto al escuchar a Marcos, aunque no entendía muy bien que es lo que le estaba sucediendo pues Marcos no era humfrum, ¡Ni siquiera era de ese mundo! Pero bueno, en el corazón no

se manda, como dicen algunos, pero de todos modos Nady se propuso investigar acerca de Marcos.
Esa noche todos tomaron su respectivos lugares y les acomodaron a Ofiel y Marcos lugares para descansar, aunque ellos no lo necesitaban se acomodaron para esperar que pasara la noche, Minset se acercó a ellos y comenzó a platicar y hacerles preguntas, entonces Nady aprovechó para interrogarlos también, Dices que eres de un mundo parecido al nuestro, dijo Nady, cuéntanos más por favor acerca de tu mundo.
Entonces Marcos les platicó algunas cosas buenas y otras cosas no muy buenas que hay en nuestro mundo, Nady y Min se dieron cuenta que en nuestro mundo la vida es algo difícil, ¿Y si te quedas a vivir con nosotros? Dijo Min, aquí la vida es fácil. Nady sonrió, es fácil para ti pues no tienes más que jugar y divertirte por ahí,

trepando árboles. Nady, mirando atentamente a Marcos dijo también, es cierto lo que dijo Min, si quieres te puedes quedar aquí con nosotros cunando hayas encontrado a tu hijo, si quieres, y sonrió.
Es un mundo muy hermoso el de ustedes dijo Marcos, les agradezco mucho la invitación pero no se si eso sea posible, yo soy se otra especie.
No eres de otra especie, dijo Ofiel, eres igual a ellos, solo eres un puco más fuerte, bueno mucho más fuerte, pero eso es todo, por el contrario yo si soy de otra especie, pero me quedaría con gusto en este mundo por un buen tiempo, es delicioso.
¿Se puede hacer eso? Preguntó Marcos extrañado.
Ofiel respondió con otra pregunta, ¿Quién te dijo que no se podía?
No lo sé, dijo Marcos, supongo que hay leyes naturales que tenemos que seguir.

¿Y conoces alguna que te impida vivir en un mundo donde seas feliz?
Preguntó Ofiel.
Pues no, respondió Marcos, de hecho ese es el sueño de todo humano, vivir en un mundo donde se pueda ser feliz.
A Nady le saltó el corazón de alegría cuando escuchó que Marcos era igual a ella, hasta mañana dijeron, que descansen. Hasta mañana, contestaron Ofiel y Marcos.
¿De verdad podría estar con ella Ofiel? Si, si podrías, es igual a ti, los Kaliors roban cuerpos de seres iguales a ellos, así que los seres con quien nos encontremos van a ser parecidos a los humanos, unos mas que otros por supuesto, pero en este caso los humfrum como puedes ver son muy similares a los humanos.
Más bien alas frutas, dijo Marcos y los dos sonrieron.

Volteando a ver a Nady, Ofiel dijo, ¿de verdad ella te párese una fruta solamente?
No, me párese una mujer muy hermosa, dijo Marcos.
Pues debes tener cuidado de hoy en adelante, como la trates cambiara su vida, estas a tiempo de no permitir que se forme un vinculo entre ustedes, no puedes dejar que tu corazón desvíe su atención hacia otra parte que no sea rescatar a tú hijo, además si dejas que su corazón forme un vinculo con el tuyo y ella no te vuelve a ver, le causaras la muerte.
Entonces no dejaré que eso pase, dijo Marcos y salió fuera de la cabaña, caminó hasta salir de aquel lugar hasta campo abierto, se detuvo, se sentó en el suelo y volteo hacia ese espacioso cielo, era una noche tan tranquila, pero lo invadió el pesar de no saber qué sería de su hijo.

Se pasó la noche meditando en lo que había echo en su vida, y cayó en la cuenta de que la mayoría de los humanos nos la pasamos demasiado preocupados por cosas superfluas, demasiado preocupados y concentrados en nosotros mismos y nuestras propias necesidades, así se nos va la vida en un parpadeo.
Ofiel de lejos lo observaba, la preocupación de Ofiel era la naturaleza humana, tendencias arraigadas en nosotros los humanos, que no podemos gobernar, nos impulsan a veces a cometer errores y aunque podemos aprender de nuestros errores, a veces es a un alto costo.
Pues bien al día siguiente, se levantaron todos muy temprano e iniciaron los preparativos para el viaje, era como si todos tuvieran una sola mente, se organizaban muy bien para todas sus labores, salieron unos cuantos con una especie de malla

tejida de raíces o ramas, la llevaban doblada en barias partes, se notaba que era bastante grande. Se alejaron en dirección donde habían recolectado la tarde anterior.
Mientras todos los demás acomodaron sus cabañas muy bien, como si estuvieran haciendo preparativos para recibir a alguien importante. Cuando llegaron los que habían salido con aquella malla grande, la traían llena de frutos, es todo lo que quedaba, dijeron. Pues vamos, dijeron todos, se acercaron los jóvenes pretendientes de Nady para ayudar a cargar a Árosco. Esperen, dijo Marcos, déjenme hacer algo y después nos vamos. Entonces caminó hacia los árboles, sacó la espada que llevaba y cortó algunos troncos delgados, todos hicieron los ojos grandes de admiración al ver aquella cosa que relumbraba como el sol y que dividía partes de los árboles sin ningún esfuerzo, se acercaron y

todos querían tocarla, pero Marcos no se los permitió por lo afilada que estaba aquella espada, pues muchos querían tocar precisamente el filo. Pues bien, después de cortar barias ramas y troncos delgados, los agarró y retorció después los sujetó con tiras echas de las mismas ramas haciendo con ellas dos ruedas, tomó otras ramas y troncos delgados y formó un eje y sujetó las ruedas al eje, después puso mas troncos delgados acomodados encima del eje en forma de cama y puso dos troncos largos hacia delante para tirar de la carreta que hizo, subió a Árosco en ella se puso frente a él, sujetó los troncos y comenzó a caminar, todos saltaron de la impresión al ver como se movía aquella cosa que fabricó Marcos, se pegaron a ella como moscas a la miel, no despegaban el rostro de las ruedas siguiendo su rotación con la cabeza, así tuvo que partir todo el mundo, por mucho rato estuvieron admirando la rotación de las ruedas después comenzaron a subirse junto con el herido, después cargaron al herido en brazos y comenzaron a pasearse en la carreta, primero se subían de unos cuantos después se subían más y más hasta que rompieron la carreta, todos iban muy contentos riendo a carcajadas, Nady y Min no se separaban de Ofiel y Marcos. Mientras sucedía esto, Árosco despertó, se detuvieron a descansar y a explicarle todo lo que había pasado, ¡Que alegría sintió al ver a Minset! solo con el echo de tener a su hijo de vuelta no le importó nada mas, bueno no tanto. Mientras seguían platicando Marcos volvió a construir otras carretas para transportar las pocas cosas que llevaban y para que se divirtieran también, Artizi estaba mucho mejor aunque ahora le dolía la cabeza por consecuencia del fin de la droga, así que Marcos sacó una pastilla cortó un pedacito muy pequeño de ella y se lo dio en una porción de fruta sin que se diera cuenta, al poco rato Artizi andaba como si nada muy contento como todos.

Caminaron todo aquel día, al caer la noche, nadie se detuvo para descansar, Marcos extrañado preguntó si no iban a descansar, Árosco le explicó que podían detenerse a descansar un poco, pero que no podían ponerse a dormir porque no había donde, al ver que Marcos se esforzaba por entender le dijo, el suelo te puede reclamar si estas tendido en el por mucho tiempo, por eso no podemos quedarnos a dormir en donde sea, así lo hemos hecho siempre, el lugar a donde vamos está a tres días y dos noches de camino, todos estamos acostumbrados a caminar sin dormir hasta que llegamos, solo algunas veces cargamos a algunos niños que se duermen.

Ya entiendo dijo Marcos, ¿cuando dices que el suelo te reclama es como cuando se tragó aquellos dos trazsiegos?

Sí, respondió Nady, eso le pasa a todo lo que está demasiado tiempo tirado en el suelo sin moverse.

Entonces se sentaron a descansar y después retomaron su camino, sin contratiempos llegaron a la otra aldea que tenían, entonces se hizo realidad el mal presentimiento que Ofiel tenía, ¡No había alimento!

¿Cómo es posible dijeron todos?

Por regla, los humfrum respetaban el alimento de las aldeas de otras tribus, no era posible que alguna otra tribu estuviera viviendo allí en ausencia de ellos, entonces ¿Qué fue lo que pasó?

No pudieron descubrirlo, pudiera haber sido que alguien no respetó el acuerdo, o que talvez algunos

animales o alguna plaga terminó con el alimento, no importaba mucho en ese momento, el problema era que no podían quedarse.
Tenemos que seguir, dijo Árosco, tenemos otro lugar como este, está a otros tres días de camino, pero no nos queda de otra, aquí no podemos quedarnos.
Descansaron ese día y comieron lo que quedaba, Árosco ofrecía lo que ellos tenían a Ofiel y Marcos. No se preocupen nosotros podemos estar mucho tiempo sin consumir alimento ni bebida, así es nuestra naturaleza, tampoco tenemos que dormir tanto, vamos a estar bien no se preocupen por nosotros, ustedes recuperen fuerza para el viaje.
Al día siguiente partieron hacia el otro lugar de habitación que tenían, mas hacia el norte de aquel mundo. El primer día soportaron todos bien, pero después de amanecer el segundo día

comenzaron a fallarle las fuerzas a muchos, iban cayendo de uno por uno, los mas fuertes cargaban a los que iban cayendo hasta que se sentían mejor y continuaban por ellos mismos el viaje. En las carretas llevaban a los niños.
Las cosas comenzaron a complicarse mucho, pues comenzaron a desfallecer por muchos, los que aún tenían fuerzas para caminar, apenas podían sostenerse solos, Ofiel y Marcos iban cargando cuantos podían, primero a Árosco y su familia por su puesto.
Descansemos un poco dijo Árosco, todos se tiraron al suelo exhaustos, llevaban un rato, de repente, ¡el suelo comenzó a abrirse por todas partes!
¡Levántense! ¡Levántense! Gritaba Marcos mientras halaba a otros para que el suelo no se los tragara, tuvieron que hacer un gran esfuerzo, sacaban a algunos que casi fueron tragados por el suelo, pero al final rescataron a

todos. El sobresalto hizo que estuvieran despiertos por un tiempo y avanzaran en su camino. Entonces Ofiel propuso abrir un portal para que llegaran rápido a su destino, pero tenían que pasar por el mundo de Ofiel primero, o por el mundo de Marcos, pero al ver el portal les dio mucho miedo, no hubo forma de convencerlos de que era seguro. Faltaba solo un día mas, los pobres humfrum apenas soportaban el cansancio, en eso se encontraron con unos cuantos de una tribu que como ellos, tuvo que seguir viajando por que les sucedió exactamente lo mismo, se sentaron a descansar juntos, trataban de entender qué estaba sucediendo, pero nadie sabía nada, una gran desesperanza cundió entre todos, tenemos que seguir nuestro camino dijo Árosco, de la otra tribu quedan muy pocos así que Árosco que era el jefe de la tribu les ofreció quedarse con ellos, aceptaron pues la aldea de Árosco estaba mas cerca que la de ellos y ya no podían mas, en eso estaban cuando los miembros responsables de la otra tribu muy cansados ya, pidieron quedarse allí, otros que ya no tenían esperanza, también quisieron quedarse, no hubo modo de convencerlos de lo contrario, así que los demás partieron, algunos volteaban hacia atrás cuando ya iban a distancia, pudieron ver como todos los que se quedaron, mientras estaban tendidos en el suelo, desaparecieron, desaparecieron sin dejar rastro, muchos no pudieron contener las lagrimas.

Siento como ya nadie puede mas, dijo Ofiel, yo también lo siento dijo Marcos, ¿Qué podemos hacer Ofiel? ¡No quiero dejarlos a su surte!

Falta muy poco, dijo Ofiel, pero sé que no lo van a lograr, yo tampoco los quiero dejar, ¡Y no lo voy a hacer!

Dijo Ofiel alzando la voz, espérenme aquí por favor dijo; Marcos, trata de que el suelo no se trague a nadie, vuelvo pronto, entonces abrió un portal y desapareció.
Rápidamente Marcos organizó a todos para que se cuidaran uno al otro, él tuvo especial cuidado con Nady y su familia por su puesto, fueron momentos muy desesperantes, Marcos se concentró y vio a lo lejos algunos árboles, una idea cruzó por su mente, vamos dijo, los que tenían un poco de fuerza cargaron a los que no podían mas, Marcos iba cargando cuantos podía, llevaba los brazos abiertos cargando unos ocho o nueve, a Nady se la había amarrado a la espalda con muchas vendas de las que traía en las mochilas, después de caminar un poco, alcanzaron a ver los árboles que Marcos había visto, eso les dio el extra de fuerza que necesitaron para llegar, cuando estuvieron allí, Marcos

comenzó a colgar a los humfrum desmayados en los árboles, los demás se subieron a descansar en alguna rama también, ¡Ninguno quedó en el suelo!
Marcos acomodó a la mujer de Árosco, al propio Árosco y a Minset junto con Nady en unas ramas que acomodó para que todos estuvieran un poco cómodos, los dejó allí y fue a buscar si algún árbol de por allí tenía frutos, se subió al mas alto que había y se concentro recorriendo la mirada todo en derredor, pudo detectar algunos a la distancia, rápidamente saltó y corrió, los tomó y regresó corriendo, dio de los frutos a los que menos fuerza vital tenían y dio otro a la familia de Nady, él personalmente dio un poco de fruto a Nady, ella recobró un poco el aliento, pues ahí estaba en brazos de Marcos, sin pensar lo abrasó con mucho cariño. En eso, se abrió un portal frente a ellos, ¡Era

Ofiel con muchos keops! Los suficientes para cargar a todos los humfums,
Y así lo hicieron, cargaron a los humfrum hasta su destino, al llegar, ¡Aquel lugar rebosaba de alimento! los Keops ayudaron a recolectar y a repartir alimento para que los humfrum recuperaran fuerzas, ¡Cuan agradecidos estuvieron todos! Con Marcos, con Ofiel y con todos los Keops, creo que allí surgió una bonita amistad, bueno, un bonito amor también, pero un amor desdichado como muchos que hay en nuestro mundo. Marcos no podía quedarse con Nady, pero en este caso ¡eso supondría la muerte para Nady!
Pero en todo caso, ¿Qué es el amor entre dos personas que no pueden estar juntas? ¿A caso no es una muerte lenta y dolorosa?

En fin, el pobre de Marcos tenía una decisión muy difícil de tomar, aunque la decisión no era solo suya.
Después de asegurarse que todos estarían bien y de recibir toda suerte de agradecimientos, los keops partieron a su propio mundo, Marcos y Ofiel se despidieron de todos y prometieron que algún día volverían a visitarlos, más aun si rescataban a otro niño humfrum. Marcos y Ofiel caminaron hacia las afueras de la aldea, Nady y Minset los acompañaron, después Nady despidió a Minset para poder hablar a solas con Marcos, lo que Nady le dijo le sorprendió.
Adiós Nady, cuídate mucho, dijo Marcos en tono triste, no sé como decirte esto, quisiera quedarme pero no puedo, tengo que rescatar a mi hijo y prometí liberar a los keops.
No te preocupes por mi Marcos, te agradezco mucho el que nos hayas

salvado, y siempre estarás en mi corazón.
Marcos dijo; se lo que pasa con ustedes cuando no vuelven a ver a alguien a quien aprecian !que pueden morir¡
Así es, dijo Nady, pero no te preocupes por eso, voy a estar bien, soy mas fuerte de lo que parezco, pero si acaso algo me pasara se que vendrás. Por supuesto, dijo Ofiel, te aseguro que vendrá corriendo, y todos soltaron la carcajada. Ofiel abrió un portal hacia el mundo de Marcos y desaparecieron.
Pero Marcos llevaba en su interior un sentimiento muy diferente del que tenía cuando llegó a ese mundo, ya no sentía esa seguridad de al principio, ahora sentía, una preocupación constante por lo que observó que le pasaba a los seres de allí, él sintió que la muerte les llegó injustamente a muchos. Pero bueno, Marcos ignoraba

muchas cosas, incluso de su propio mundo.

Aparecieron justo donde rescataron a Minset. ¿Por que regresamos al lugar donde estábamos antes? Preguntó Marcos.
Así puedo saber hacia donde se fueron los kaliors, respondió Ofiel, caminó hacia donde habían estado los kaliors y serrando los ojos apretadamente se concentró, sé hacia donde se fueron dijo y abrió un portal hacia otro mundo, era de noche cuando llegaron como siempre o eso parecía, Marcos no se percató en ese momento, pero ese mundo era un poco oscuro todo el tiempo por naturaleza.
Aparecieron como en un bosque, pero los arboles estaban como pelados como si acabaran de apagarse de un incendio, humeando todavía. A poca distancia estaban los kaliors como siempre, de fiesta.

Llevaban unos instantes en ese mundo, cuando Ofiel notó algo extraño en la respiración de Marcos. cuando exhalaba, su aliento parecía hacer combustión. primero un poco, luego era una llamarada como hacen los traga fuego.

Marcos se alarmó bastante, creyó que explotaría, ¿Qué me pasa? Le decía a Ofiel.

Parase que el bióxido que exhalas hace combustión con la atmósfera de este mundo. Dijo Ofiel alarmado ¡Airos Oel hizo que tus pulmones produjeran otro tipo de gas! Eso te da aun más energía, pero párese que no contó con lo que pasaría en este mundo. ¡Que no te vean, escóndete bien!

En eso estaban cuando uno de los kaliors sintió la necesidad de orinar y se retiró de los demás acercándose a donde estaban escondidos Ofiel y Marcos, cuando iba a comenzar

Marcos se asomó, el kalior casi se muere de la impresión !Marcos exhalaba fuego¡ y que tenía esos ojos¡ Marcos rápidamente le dio un fuerte golpe, y el kalior cayó muerto. le quitaron el capullo y enterraron el cuerpo allí mismo, entonces el keop que aquel kalior montaba llegó a donde ellos, sucedió lo mismo que la vez anterior, se presentaron, se despidieron y aquel keop fue recibido en su mundo con gran regocijo.
Ofiel entre abrió el capullo y vio un niño de los rádikrao, rápidamente lo volvió a cerrar y dijo a Marcos, vamos, abrió un portal hacia el mundo de los radikrao.
Pon atención, son un poco peligrosos así que haz exactamente lo que te diga, tómalo de las manos con sus propias palmas encontradas y por ningún motivo lo sueltes, cuida de no apretarlo tan fuerte, Marcos asintió

con la cabeza y se preparó para que Ofiel sacara al niño y lo reanimara. Entonces Ofiel sacó al niño rádikrao y lo reanimó, Marcos lo tomó inmediatamente como Ofiel dijo y lo sujetó con las palmas de las manos del niño encontradas una contra la otra.

¡Era un niño transparente! Como si fuera de cristal, pero no era así, Marcos podía sentir que era de carne como él, aunque estaba un poco frio. parecía como si en su interior tuviera flamas largas y retorcidas de colores, una grande en su abdomen, unas largas en sus brazos, ante brazos y en sus piernas. pues bien, el niño forcejeaba con Marcos para soltarse, pero cuando Ofiel comenzó a hablarle en su propia lengua por así decirle, se quedó quieto, Ofiel le explicó con detalle lo que había sucedido y le dijo que lo regresarían a su hogar, el niño se mostró un poco calmado, te vamos a soltar pero promete que no nos harás daño, dijo Ofiel, el niño prometió que no los lastimaría, entonces Ofiel dijo a Marcos que lo soltara.

Tratare de explicarles lo que Marcos vio. para empezar, ¡ese mundo estaba al revés! Si, si, ¡el cielo estaba abajo y la tierra arriba!

Aparecieron en una formación de terreno como de hongo súper gigante de barios niveles, tres para ser exactos, allí estaban las ciudades de los rádikraos por la parte de debajo de las formaciones de terreno parecidas a hongos gigantes como ya dije, pues la gravedad de aquel mundo era contraria a la de nuestro mundo. Aparecieron hasta la plataforma que estaba cerca del cielo de aquel mundo o lo que seria la parte del hongo de hasta abajo, ¿O? ¿Sería la de hasta arriba? Bueno, abajo a arriba en ese mundo eso comenzó a ser algo muy confuso para

Marcos. Pero estas aventuras se las contaré en la próxima.

FIN

www.ingramcontent.com/pod-product-compliance
Ingram Content Group UK Ltd.
Pitfield, Milton Keynes, MK11 3LW, UK
UKHW020221250726
13967UKWH00001B/127

9 780244 045500